— 書き下ろし長編官能小説 —

よくばり嫁の村

上原 稜

竹書房ラブロマン文庫

目次

この作品は、竹書房ラブロマン文庫のために
書き下ろされたものです。

プロローグ

近藤巧《こんどうたくみ》は恋人の志村美菜穂《しむらみなほ》と口づけを交わした。

「美菜穂。最近、忙しくってごめん……。うちの会社、休みも関係無くめちゃくちゃ残業させて、本当ひどい職場なんだよ」

「……ええ」美菜穂は静かに微笑《ほほえ》んだ。

「今日は、しっかりと楽しもうっ」

巧は優しい舌遣《したづか》いを繰り返しながら、美菜穂の服を一枚一枚脱がしていく。

美菜穂とは大学からの付き合いだ。

彼女はいわゆるブラック企業勤務の巧とは違って、名前を聞けば誰でも分かるような大企業に就職した。

就職して二年とちょっと。社会人ともなれば、お互いにとても忙しく、長い休みに一日デートできればいい程度で、すれ違いの日々が続いていた。特に巧はブラック企業勤務で、彼女からのメールにさえまともに返信が出来ず、不義理ばかり働いていた。

今日は久しぶりに時間が取れて、会社帰りに美菜穂の家へ寄ったのだ。

お互いに下着一枚になると、巧は美菜穂のブラジャーを外した。

手の平に収まるくらいの秘めやかな胸だ。

形の良い胸を優しく揉《も》み込んだ。

「あんっ……」

巧は口を寄せ、右胸の頂きを吸った。

「ちゅっ、ちゅぱぁっ、れろっ！」

舌であやし、歯を立てる。

「ん……っ」

美菜穂が鼻にかかった声を漏《も》らす。

彼女の甘い溜息が久しぶりの営みに花を添えてくれる。

パンツはパンパンに張り詰めてしまっていた。

巧は美菜穂を促《うなが》してベッドへ仰向《あおむ》けに寝かせると、乱暴に下着を脱ぎ捨てた。

「僕、今すっごく昂奮《こうふん》してるっ」

美菜穂のショーツを取り払うと、ゴムを着けた上で覆《おお》い被《かぶ》さる。

切っ先を秘処へ押しつけると、ゆっくりと挿入していく。

ゴムごしでも久しぶりのエッチというだけで、腰が快感で痺《しび》れてしまう。

「……美菜穂、気持ち良いよ」

「ええ、私もよ……」

巧はいつまでもじっとしていられず、腰をゆっくりと前後に振った。

しかし二度三度と振るだけで、股間が戦慄《わなな》く。

同時に何かが溢《あふ》れてくるような兆《きざ》しを覚えた。

これ以上動いたら不味《まず》いことになると、腰の動きを中途半端な所で止めた。

美菜穂が不思議そうな顔で見てくる。

「どうかしたの？」

「いや、その……」気まずくて今の自分の気持ちを言葉に出来ない。

しかし限界は有無を言わせずやってきてしまう。

「美菜穂、ごめんっ！」巧は我慢しきれず、射精を遂げてしまった。

大きく呼吸をしながら、恥ずかしさ一杯の気持ちで美菜穂を見た。

「……ごめん。最近ご無沙汰だったから」

「うん……」美菜穂は言葉少なに頷《うなず》く。

巧はたった一度の射精で、すっかり萎《しな》びてしまった男根を抜く。

と、美菜穂が強い視線を向けてきた。

「――別れましょう」

「わ、別れ……？」

頭が真っ白になり、何を言われたか理解出来ない。

「ど、どうして！　今のエッチのこと!?　それなら……」

「そうじゃないの。……好きな人が出来たの」

「好きな人って……え？」

「こんなこと勝手に決めて、ごめんなさい。でも、もうあなたとは付き合えない」

「誰と？　会社の人？」

「……そんなところ」

「そんなところって……」

「ごめん。でもあなたより好きな人が出来ちゃったの……。ごめんなさい……」

目の前が真っ暗になった。

第一章　長女の濡れ肌

十一月に入って間もなく、巧の姿は生まれ故郷から遠く離れた北陸のとある田舎の道を走る、暖房が効きすぎたマイクロバスの中にあった。

乗客は巧だけ。

窓の外の景色を見れば、鉛色の空から綿をちぎったような雪がちらつき始めていることに気付く。

冬でも都会では雪が降る方が珍しい。巧は頬《ほお》を緩《ゆる》めた。

(こんな綺麗《きれい》なもんが見られるなんて、幸先《さいさき》がいいなっ)

ここまでの乗り継ぎの疲労感も吹き飛ぶようだ。

しかしこれほどまでに雪に食いついたのは、そうでもしないと嫌なことを思い出してしまうからだ。

失恋のこともあるが、美菜穂の相手が、巧を苦しめていた。

美菜穂の新しい彼氏――それは大学時代からの巧の親友。

彼もまた大企業に勤めていて、巧が馬車馬のように残業に明け暮れている中、二人はこっそりと付き合っていたのだ。それを知って何もかも嫌になった。

そんな折《おり》、親が縁談話を持ってきたのだ。

それは田舎への婿《むこ》入りの話だった。ただでさえ田舎に行かなければならないのに加えて、婿入りということでなかなか縁談がまとまらないのだという。

しかし巧は近藤家の三男坊。

家を継ぐとかそういうことは考えなくてもいい身分だった。

巧は大して話も聞かないうちに同意した。

両親も落ち込んでいた巧が前向きになってくれたと、大喜び。

先方からはすぐに来てくれという知らせがあり、巧はブラックな会社に辞表を叩きつけ、故郷を離れたのだった。


バスに揺られて一時間弱。

ようやくバスから下りることが出来た。

古ぼけた停留所には『白影村《しらかげむら》入り口前』と書かれていた。

時刻表を改めて見てみて、驚く。

平日、休日問わず一日に一本しかバスが来ないらしい。まさしく陸の孤島だ。

バスの運転手に教えられた通り、大きな石碑の脇にある道を進んでいく。

「さむっ……」

バスの中で脱いでいたコートに慌てて袖を通し、襟《えり》を立てた。

鉛色の雲と白い綿雪——全ての色彩が消えてしまったような風景が広がっていた。

寒々しい畑を横目に、誰とも擦《す》れ違わないひび割れたコンクリートの舗装路《ほそうろ》を歩いていく。

(本当にここで合ってるのかな?)

そう不安に思いかけてきた頃、大きな門構えが見えてきた。

「え、ここ?」

まるで時代劇にでも出てきそうな大名屋敷然とした門が外側に向かって大きく開いている。

そしてその門には『華《はな》の湯《ゆ》』という額が掲げられていた。

(ここだ)

これから婿入りする安達《あだち》家が『華の湯』という旅館を営んでいるというのは聞いて

いた。旅館の主人夫婦は事故で亡くなってしまい、今は娘が経営にあたっているのだという。

ネットに情報がなにも掲載されていなくて不安だったのだが、これは予想外の老舗《しにせ》の風格がある。

大学生のような格好をした巧の存在は、完全に場違いだ。

(いやいや！　僕は今日からここの婿になるんだから。ここは僕にとっても家になるんだっ。堂々と入って、奥さんに向かって思いっきり宣言してやるんだ。僕が婿だって！)

巧は自分に言い聞かせると拳を握りしめて、門の先にある平屋建ての建物へ向かった。

「ごめんくださいっ！」

広々とした玄関に、巧の勢い込んだ声が響き渡った。

しばらくして着物に白い足袋《たび》を履《は》いた女性が姿を見せた。

着物は藤色に色とりどりの草花の柄《がら》が配置されている。

伝統のありそうな旅館の雰囲気に決して負けない柔らかな雰囲気で、上品さも兼ね備えている。

髪を頭の上でまとめた女性はふわりとした柔らかな笑顔を浮かべ、頭を下げた。

「ようこそ、華の湯へ。お名前を頂戴《ちょうだい》してもよろしいでしょうか？」

「あ、はい！　近藤巧です！　ほ、本日よりこちらに婿としてお世話になりに来ました っ！」

何度も何度も、言うべき言葉は考えていたはずだったが、目の前の麗《うるわ》しい女性を前に、頭が真っ白になった挙げ句、変な言葉遣いになってしまう。

女性がその二重《ふたえ》の瞳を丸くした。

「あら」

「えっと……よろしくお願いします……っ」

女性は再び笑顔になると、頭を下げた。

「わたくし、こちらの宿の女将《おかみ》を務めております、安達冬美《ふゆみ》と申します。今日からよろしくお願いしますね、巧さん」

「あ、あなたが……僕の奥さんに……？　あれ？」

冬美と名乗った女将さんは小首を傾《かし》げた。

「いかがなさいました？」

「写真で見た人と違うなって……」

写真うつりがどうというレベルでなく、顔はもちろん、名前まで違う。

巧が見せて貰《もら》った写真には、茶色がかったセミロングの髪に、切れ長で二重瞼《ふたえまぶた》の目をした、見た目から気の強さが透けて見える女性が写っていた。さらには、

「名前は確か、薫《かおる》さんだったと思うんですが……」

と戸惑ったように言うと、冬美はホホホと微笑んだ。

「いえ、こういうこと、よくあるんですよ」

「そ、そうなんですか？」

「お気になさらず。……まずはお部屋にご案内します」

「は、はあ」

そうして建物の裏手から出る。

巧はそこにあったサンダルを履いて、ついてゆく。

雪はバスから見た時よりも、だいぶ増えていた。

冬美が傘を差しだしてくれる。

「どうぞ」

「ありがとうございます」

巧は黒い傘、冬美は白い傘を差して外に出た。

巧は空を見上げた。

「もう雪が降り始めるもんなんですね」

「そうですね。この辺りでは今時分から降ることが多いですね」

「僕の育った場所では雪が降るのは珍しいんで、新鮮です」

「ふふ。気に入って頂けて良かったです。田舎で何にもありませんので、都会住まいの方には退屈だと思っていたので」

冬美の息が白い靄《もや》になって、灰色の空へ吸いこまれていく。

巧はかぶりを振った。

「そんなことないですよ。むしろ都会はやかましいばかりなんで、こうして静かな生活に憧れてたんです」

竹林に囲われた道の敷石の上を進む。

青々とした竹林は、雪に濡れている。

「風情がありますね……」

「ええ。春にはタケノコ掘りが楽しめますよ」

「本当ですか！　楽しみです。タケノコ掘りなんて小学生以来だから」

「あら、そうなんですか？」

「はい。母方の祖父母が田舎の生まれで。春休みや夏休みに、ちょくちょく遊びに行ってたんです。その時にタケノコを掘ったり、掘ったタケノコを送ってくれたり……」

「そうでしたか」

そして道を抜けると、一軒家があった。

巧は周りを見回す。

「ここは？」

「私どもの住まいです。さあ、どうぞ。お入りになって下さい」

「お、お邪魔します」

「ふふ。お邪魔しますだなんて。今日からここで一緒に暮らすんですよ？」

「そ、そうですよね。あはは」

家は二階建てらしい。

巧が案内されたのは、真っ直《ます》ぐ伸びた廊下の突き当たりの部屋。和室で十畳ほどの広さがあった。

部屋の真ん中には囲炉裏が切られ、青々とした畳はいい香りがして気持ち良い。

「ここが僕の部屋、ですか？」

「そうです。まずはゆっくり休んで下さい。何かあればそちらの内線でご連絡下さい。旅館に繋《つな》がりますので」

「そ、そうですか。ありがとうございます」

冬美は綺麗に整った白い歯を見せた。

「駄目ですよ。あなたはこれから私どもの夫になる方。遠慮はご無用ですから」

（私ども？）

妙な言い方だったが、それほど拘《こだわ》らず、すぐに聞き流した。

「分かりました」

「お茶をお淹《い》れいたしますね」

と、冬美が部屋に備えられた急須に手をかけるのを、やんわりと止めた。

「平気です。自分でやりますから。冬美さんはお仕事に戻って下さい」

「そうですか？」

では失礼致します、と冬美は頭を下げ、見とれるくらい流麗な所作で部屋を出ていく。

（冬美さんが僕の妻……あんな綺麗な人が！）

あんなに透明感をたたえた、貞淑な女性は見たことない。まさしく大和撫子。

丸い形に空けられた障子窓を開く。

すると、情緒豊かな森閑とした竹林が見えた。

腕を伸ばすと、手の平に綿雪がぽとりと落ちた。

都会の雪とは違い、すぐには溶けない。幾らか形を残しつつ、ゆっくりと水に変わっていく。

「本当に街を離れたんだなぁ」

思わず、そう独りごちてしまう。

巧は庭に出てみた。青々とした松の木や灯籠《とうろう》、石橋、小さな池があり、うっすらと雪が降り積もりはじめている。

(こんなにのんびりした時間を過ごすのは久しぶりだなぁ)

入社してからは休みなんてほとんど無かった。朝早く出社し、終電間際《まぎわ》にどうにかこうにか帰宅する。もちろんサービス残業の毎日で、ぼうっと物思いに耽《ふけ》る時間も無かった。

しばらくぼけっとしていたが、突然こういう生活に馴れるはずもない。すぐに手持ちぶさたになった。

(ちょっと旅館の建物を見て回ろう)

部屋を出て、本館の方へ足を伸ばす。

山奥なだけあって喧噪とは無縁で、かすかに鳥の鳴き声が聞こえるばかり。

（お客さんはいないのかな？）

しばらく歩いていると、向こうから水縹《みはなだ》色の着物をまとった女性がやって来た。

冬美かと思ったが、違うようだ。ただ、顔立ちはよく似ている。

しかし巧はそれとは別のことに驚いた。

「あっ」

茶色がかったセミロングに切れ長の瞳。気の強さが出ている顔立ち。綺麗というよ
り、美形と言った方がいい。

それは巧が見た、結婚相手の写真その人だったのだ。

女性は、大企業の受付嬢でも相手にならないほど美しい笑顔を見せて、巧に頭を下
げ通り過ぎようとする。

「ま、待って下さいっ」

呼び止めると、女性が小首を傾げた。

「はい？」

「僕っ、近藤巧ですっ！」

「はあ……」

相手は訝しげな顔だった。

「こちらの旅館に婿として来たんです。……安達薫さん、ですよね？」

途端《とたん》に、薫は「あぁ」とハスキーな声で頷くと、巧へ値踏みするような眼差しを向けた。

「あぁ。あんたが、ね……」

不躾《ぶしつけ》なほどの視線にたじろいでしまう。

「何か？」

「ううん、何でも無い」

「きょ、今日からよろしくお願いします」

「そうね。よろしくー」

どこか挑発的な笑顔を見せ、薫は去って行った。

(あの人が薫さん……)

冬美が母性的で女将らしい印象であるとすれば、薫はキャリアウーマンとして働いた方が似合っていそうなくらいハキハキしている。全く正反対の性格みたいだ。

(冬美さんの、たぶん妹さんだよな。ここで働いてるんだ)

関係性で言うと、冬美の夫になるのだから巧が義理の兄になるのだろうが、薫の方が巧より何歳か年上のように思える。

その辺りは改めて確かめればいいだろう。

巧は裏口から家へ戻った。

雪で白く彩られた道を進み、家の戸を開ける。

と、出かける時はなかったピンク色のパンプスが沓《くつ》脱ぎにあった。

(冬美さんじゃないよな？　……っていうことは薫さん？)

二階から物音が聞こえた。

(でも薫さんは今は仕事中だろうし。まさか泥棒？)

巧は足音を立てないように階段をゆっくりと上っていく。

二階から、ミシミシとかすかに床の軋《きし》む音がする。

階段を上がって右手側の、襖《ふすま》で閉ざされた部屋から音は聞こえている。

巧はゴクリと唾《つば》を飲み込んだ。

泥棒ならば捕まえなければならない。

(僕は夫なんだ！)

襖の取っ手に手をかけ、思いっきり開いた。

「誰だっ！」

と、畳敷きの室内には少女が赤い下着姿で立っていた。

豊かな起伏を描いた胸元とくびれた腰つき、きゅっと上向きに持ち上がった可愛らしいお尻――。

「あ……」

巧の口から間の抜けた声が漏れる。

時間が止まったような気がした。

しばらくして少女が口を動かすや、

「きゃあああああああああ!?」

悲鳴がつんざく。

時間が動き出し、巧は自分がどういう状況に出くわしてしまったかを、かなり遅ればせながら悟るに至った。

「へ、変態っ!!」

「ご、ごめんなさいぃぃっ！」

巧は部屋を飛び出し、階段を下りようとしたが、慌てすぎたせいで足を踏み外して転がり落ちた。

その拍子に意識を失い、巧の視界は暗転した。


「う、ううう……」

目を開けると、冬美に見下ろされていた。

「冬美さん？」

冬美はほっと胸を撫で下ろしたようだった。

「目覚められて良かったです」

巧は布団に寝かされていた。

身体を起こすと、その場には冬美の他、薫、そしてティーシャツにジーンズ姿の、さっきの少女。

少女は茶色がかった髪を後ろで束ねている。

お互いに気まずくって、巧は冬美の方を向く。

「あの、僕は……？」

冬美が言う。

「階段の下で気絶してたんです」

薫がにやつきながら、

「真由《まゆ》に突き落とされたんでしょう」

と言うと、真由と呼ばれた少女が「はあっ!?」と声を上げた。

「そんなことないって言ってるじゃんっ!」

巧は頷く。

「そ、そうです。慌て過ぎちゃって、僕が勝手に階段を踏み外しちゃったんです……」

「ほらっ」

真由が不満そうに言った。

冬美は「ひとまず病院へ参りましょう」と言ったが、巧は首を横に振った。

「心配ないですよ。何ともないですから。頭も打ってないみたいですし……。背中はちょっと痛いですけど」

「では湿布を貼りましょう。貴方は私どもにとって、とても大切な御方。お世話をさせて頂きますから」

「私ども? それ、初めてお会いした時にも仰《おっしゃ》ってましたよね。私どもっていうのは……」

すると、薫は怪訝そうな顔をする。

「あんた、何言ってるの?」

「な、何って……」

「あんたは私たちの夫でもあるのよ。しっかりしなさいよ」

「は？」

薫が何を言ったのか、巧はすぐに理解できなかった。

「……え。待って下さい。どういうことですか？　――私たちの夫……？」

冬美を見ると、彼女は少し困った顔をする。

「申し訳ありません。もっと早くお話をするべきだったのですが……あなたには私ども、三姉妹の夫になって頂きたいのです。あなたが薫の写真を見たのは決して、間違いではないんです。ただこのような一夫多妻などということは人様にはお話しできないことですので……」

薫が肩をすくめた。

「ほら、姉さん。私が言った通りじゃない。こういうことは事前に言っておかなきゃならないのよ」

冬美はかぶりを振った。

「このことは他人様には話せないこと。我々、安達家の女たちにのみ伝えられることなんですよ」

薫が頬杖をつきながら、巧を見る。

「どうする？　こいつ、逃げるかもよ」

冬美は「薫ちゃん、やめなさい」と妹をたしなめると巧に向き直り、頭を深々と下げた。

巧が恐縮してやめさせようとしても、冬美は頑なだった。

「夫になる御方に、こんな大切なことを今さらお話しして本当に申し訳ありません。ですがこれが私どもの家なのです。どうか、ご容赦下さいませ」

巧はかぶりを振った。

「構いません。僕は安達家に婿入りに来たんです。どんな風習だろうと受け入れてみせますからっ」

薫が感心したように小さく口笛を吹いて微笑する。

「へえ。面白い奴じゃん。気に入ったわ」

「あ、ありがとうございます」

冬美は本当にホッとした顔をする。

「ご理解頂きありがとうございます。貴方を粗略に扱《あつか》うことなど決してございませんので。よろしくお願いします」

「いえ、こちらこそ」

生まれ故郷で恋人を親友に寝取られた巧からすれば、一夫多妻という現代ではありえないしきたりを、少しも動揺することなく受け入れることが出来た。

正直、自分でもそれほど驚きがないのがびっくりだった。

巧は部屋の片隅《かたすみ》で膝を抱えている真由を見た。

「えっと……真由ちゃんは幾つ？」

真由に睨まれた。

「子ども扱いしないで。私は大学生よ。あんたみたいなおじさんじゃないしっ！」

「いや、僕も大学を卒業してまだ二年くらいで……」

「知らない。──ねえ、私のせいじゃないって分かったんだから、ここにいなくてもいいでしょう」

立ち上がった真由は足音も大きく部屋を出ていってしまう。

「あー……」

襖をぴしゃりと閉められた。

取り付く島がないというのはこのことだ。

冬美は囁く。

「真由は家のしきたりに批判的なんです……」

「そう、みたいですね……」

確かに見ず知らずの男が突然夫だと名乗るのを、そう簡単に受け入れられるはずがないのだ。


その晩、巧は自分にあてがわれた部屋に敷かれた大きめの布団に横になっていた。

雪は今も降り続け、芯から冷えるような夜だった。

室内の灯《あか》りは申し訳程度の布団の傍《かたわ》らのランプくらいしかないが、暗さは感じない。大きく取られた窓から見える、降りしきる雪のお陰で仄白《ほのじろ》い明かりが部屋に差し込んでくれているためだ。

しかしいつまでも寝付けないのは、寒さのせいだけではない。

(僕が三人の奥さんを持つなんて……それも、みんなすっごく美人で可愛い……)

生まれ故郷から逃げるようにここへやって来た巧からしたら、夢のようだ。

しかしその一方で不安もある。

(……僕にちゃんと、三人の女性を満足させられるのかな?)

と、その時。しんと静まりかえったところへ、ミシッと床の軋《きし》む音が廊下の方から聞こえた。

（何だ？）

巧が恐る恐る身を乗り出そうとすると、「巧さん、起きていらっしゃいますか？」

と襖ごしに声がかかった。冬美だ。

「ふ、冬美さん!?　お、起きてます」

「入っても宜しいでしょうか」

「ちょ、ちょっと待って下さい！」

巧は着替えの入ったバッグを、部屋の隅へ押しやる。

「ど、どうぞ！」

少し上ずった声を上げれば、静かに障子が開く。

その辺りの所作は、旅館の女将らしく、流れるようである。

白い着物に身を包み、黒髪を頭の上でまとめた冬美が正座をしていた。

「失礼致します」

畏《かしこ》まった冬美を前に、巧も思わず正座をして迎え入れた。

冬美が「ふふ」と微笑んだ。

「巧さんは私の旦那様なんですから、どうぞもっと楽な姿勢で」

「……だ、旦那様……っ」

「左様でございますわ。旦那様」

巧はおずおずと胡座《あぐら》をかく。

「冬美さん。それで、どうかされたんですか？」

「妻の務めをしに参ったのです」

すぐには冬美の言わんとすることを理解出来なかった。

「妻の務め。夜伽《よとぎ》でございますわ」

「よ、夜伽って……つまり、その……」

「抱かれに参ったのでございますわ」

やんわりとした物腰で、ストレートに言われた巧はゴクッと生唾を飲みこんだ。

と、反応の薄い巧を前に冬美は少し目を伏せる。

「突然押しかけてしまい申し訳ありません。そうですよね。幾ら妻になったとはいえ、旦那様とは一回りも年上の妻にはさすがに感じるものはないんですよね。……お恥ずかしい真似を晒《さら》し、申し訳ございません」

冬美は悲しげな影を、丸みを帯びた美貌に落としながら、立ち上がった。

巧は慌てて呼び止めた。

「ま、待って下さい！　そんなことはありません。突然のことだったので、びっくりしていただけです！　冬美さんが相手じゃ嫌だなんて思ってませんからっ！　むしろ光栄です！」

冬美は、浮かしていた腰をそっと落とす。

「本当でございますか？」

「もちろんです。それに、冬美さんは全然年齢を感じさせないくらい綺麗で……逆に僕なんかが相手で冬美さんの方こそ困るんじゃないかって……」

「いえ。旦那様のお優しい顔立ちを一目見て、あなたが夫になって下さることを承諾して下さって良かったと思ったんです」

「……そう言って頂けると、恐縮です……」

「まあ。……妻に恐縮は無用ですわ」

二人は笑いあった。

「では、お隣に失礼いたします」

「は、はいっ！」

今さらに彼女のまとう甘い香りにうっとりしてしまう。旅館では香りはしなかった。接客業だから、あまり香水の類いはつけていないのかもしれない。

（つまり、僕の為に？）

無論、巧は童貞ではないが、初めて付き合ったのが先日振られた恋人だったせいか、緊張を隠せなかった。

と、手に触れた柔らかな感触にビクッとしてしまう。

冬美が、巧の手の甲を優しく包み込んでいた。

優しげな温もりが伝わってくる。冬という季節だからこそ、人肌のありがたみを改めて感じられた。

「とても冷たいですわ」

「……はい。今日はちょっと冷えますね」

「こちらは木造なので底冷えしやすいんです。妻として配慮に欠けておりました。貴方はこちらの冬をご存じないのですから、もっと気を遣うべきでした。申し訳ございません」

「いえ……」

巧は、冬美と眼差しを交わす。

しっとりとした色気を含《ふく》んだ黒目がちな眼差しはかすかに潤《うる》んで、巧を釘付けにしてしまう。

冬美がそっと目を閉じる。

巧は全身を緊張させながら、そっと顔を近づけた。

しかし不意に動きを止めてしまう。

彼女の顔と、自分を振った元恋人がオーバーラップしたのだ。

（い、いけない！　こんな大切な時なのに！）

「あ、あの……」

と、不意に両頬を優しく包まれた。

冬美は長い睫毛《まつげ》に縁取《ふちど》られた円《つぶ》らな瞳で巧を見ていたかと思えば、優しく唇を重ねてくれた。

みずみずしい肉厚な唇を一杯に感じる。

「んっ……」

何度も触れあう、優しい口づけを繰り返してくれる。

巧はうっとりと、彼女のとろけるクリームのような唇の柔らかさを味わった。

そして唇が離されれば、寂寥感《せきりょうかん》と一緒に劣情が疼《うず》く。

「……いかがですか。私めの唇は」

「すっごく素敵です……。すいません。ぼーっとしちゃって……」

冬美は白い歯を見せて笑ってくれる。
「構いませんわ。喜んで下さったのなら、妻としての誉《ほま》れでございますもの」
そうして再び唇を重ねてくる。
巧は前のめりになる冬美を支えるように、そっと彼女の腰に両手を回す。
柔らかな感触が夜着ごしに手の平に伝わる。
ヌルウッ。
「んっ!?」
唇に触れた柔らかく濡れた感触に、巧は身体を硬くした。
「さぁ、口を開いて下さい」
冬美は言い聞かせるように呟く。
巧が唇をおずおずと開けば、冬美の肉厚な舌が滑《すべ》り込んでくる。
柔らかく温かい舌が優しく撫でるように、口内を動き回った。
冬美は巧の舌に優しく吸い付き、舌を積極的に絡《から》めてくれる。
優艶《ゆうえん》な女将に促され、巧も彼女の舌遣いにおずおずと応えた。
ピチャピチャとみずみずしい音が奏でられる。
舌だけなく、唇も擦《こす》り合わせるように吸着すれば、甘いツバを優しく注《そそ》ぎ込まれた。

巧はとろとろした唾液《だえき》を呑み込んでいく。

と、無防備だった股間に手が這わされる感触にびくんっと身体を反応させ、慌てるあまり口づけを振りほどいてしまう。

「ふ、冬美さんっ！」

巧の過剰な反応に、冬美は少し驚いたように手を引っ込めた。

それに気付いた巧は目を伏せてしまう。

「す……すいません……」

「いえ。驚かせるつもりではなかったのですが、申し訳ございません。少し無遠慮でした」

「違うんです！　あの……僕……あんまり最近そういうことをしてなくって……だ、だから反応が悪いかもって……」

それは嘘だ。恋人を親友に寝取られたことが原因で長らく性的に鈍感になって、自慰する気分にもならなかっただけだ。

冬美は微笑んだ。

「そのようなことはお気になさらず。むしろ旦那様を昂奮させるのも妻としての大切な役目ですもの。――触っても？」

「は、はいっ……」

こんなに他人行儀と言うか、緊張感が溢れる夫婦の初夜というのも珍しいだろう。

冬美はさっきよりもさらに繊細な手ほどきで、下着ごしの股間を優しく撫でてくれる。

「うっ」

さわさわとした感触が心地よく、思わず声が漏れた。

冬美が上目遣いで、巧を見つめる。脱がしてもいいかと確認を取っているのだと分かり、コクッと頷く。

「失礼いたします」

行儀良く頭を下げた冬美は下着を脱がしてくれる。

巧も尻を持ち上げて、それを助けた。少し肌寒い空気にゾクッとした。しかし、相変わらず股間のそれは情けなく萎びてしまっている。

(どうして僕はこんなに……っ)

巧は気まずさを覚えて顔を背《そむ》けてしまう。

冬美は気にすること無く、優しく股間に触れてくれる。

「うっ……」

久しぶりの人肌である。少し高めの温もりが甘やかに染みた。

冬美はまるで巧の逸物が宝物であるかのように両手で優しく包みこみながら、扱《しご》いてくれた。

「ふ、冬美さん、ごめんなさい。僕、夫なのに務めが果たせなくって……」

「気になさらないで下さい。……それから失礼ですよ？」

「え？」

「妻の力を侮《あなど》ってはいけませんわ」

と、冬美は左手でやんわりと玉袋を揉みほぐしてきたのだ。

「うぁっ！」

予想外の刺激に、情けない声を上げてしまう。

痛気持ちいいと言えばいいのか。

これまで味わったことのない疼くような感覚に、戸惑ってしまう。

冬美は睾丸をやんわりと刺激しつつ、切っ先にそっと口づけをする。

冬美の肉感的で、さっきの濃厚な口づけでしっとりと濡れた唇が亀頭冠にかぶさる。

いたわるように舌を這わせながら睾丸を慰められれば、下半身が火照《ほて》ってきた。

（あ、れ？）

それは懐かしいと思えるような感覚だった。

さっきまで寒さで縮こまっていた股間に、疼くようなくすぐったさが走る。

冬美の右の繊手《せんしゅ》が棹《さお》に優しく絡みつき、しゅっしゅっと緩急を交えて扱いてくれる。

「んちゅっ……ちゅぴぃっ……んふぅっ……」

さらに尿道口を舌で掃き清められれば、熱を孕《はら》んだ男根がムクムクと少しずつ鎌首《かまくび》をもたげはじめたのだ。

「ふ、冬美さん……ぼ、僕……ありがとうございます！」

丹念な慰めにより、股間はへそに引っ付かんばかりに反《そ》り返《かえ》ったのだ。

恋人と別れて以来の感覚に、巧はただただ驚いてしまう。

冬美は白い歯を覗《のぞ》かせて微笑んだ。

「やっぱり旦那様は素敵ですね」

「僕なんて……冬美さんの方が何百倍も素敵ですよっ」

「いえ。こんなおばさんに自信をもたせて頂けるなんて……」

「そんなことはっ――」

前のめりになると、そっと唇に人差し指を押し当てられた。

「言いあいっこはまた後で。……今は貴方のモノを可愛がってさしあげたいんです。

よろしいでしょうか？」

「よ、よろしくお願いします」

巧が即答すれば、ふふ、と微笑んだ冬美は青筋を浮かべてビクビクと戦慄くペニスに指を這わせる。

さっきと同じように玉袋をコリコリと手の平で弄《もてあそ》ばれながら、先端肉へ唇を重ねるのだ。サーモンピンク色の舌を這わせ、こぼれる体液をチュゥッと啜《すす》り飲んでくれた。

「ううう、冬美さんっ」

ペニスがビクビクと戦慄き、腰がズキズキと疼いてしまう。

力強く張り出した鰓肉《えらにく》を甘噛《あまが》みしながら、裏筋を優しく擦ってきた。垂《た》れる雫《しずく》を吸ってくれながら、切っ先から根元近くまで大胆に舌を這わせてくれるのだ。

「あんっ……んふうっ……レロレロッ……んちゅうっ……ちゅぷうっ！」

陰毛が冬美の顔に当たってしまうと、綺麗なものを汚してしまうような感覚があってさすがに申し訳なかったが、夢中で奉仕してくれる冬美に劣情はますます盛った。

ンフンフと湿った息遣いを紡《つむ》ぎながら、グロテスクな陰茎を横笛でも吹くかのようにあやしてくれる。

ジワジワと染みる、冬美の舌遣いと唾液。チュパアッ、チュピィッ……とはしたないくらい艶《つや》っぽく奏でられるおしゃぶりの音が、巧の昂奮を煽《あお》る。

「ご、ごめんなさいっ！」

呻《うめ》きながら叫ぶ。

「旦那様……？」

驚いて顔を上げた冬美の顔めがけ、暴発させてしまう。

ビュビュッと勢い良くしぶいた子種が、冬美の顔をネットリと汚してしまう。

「あああんっ……熱ィッ……！」

冬美は溜息混じりに呟く。

「ごめんなさい。えっと、ティッシュ……ティッシュッ！　どうぞ、冬美さん！」

慌てて枕元にあった箱ティッシュを渡そうとするのだが、蕩《とろ》ける笑みを浮かべた彼女はティッシュをやんわりと拒絶した。

そして顔についたネットリと糸引くジェル状の子種を指先で絡め取れば、指を咥《くわ》えて見せつけるように舐《な》め回した。

「ふ、冬美さん……」

家庭的で、おっとりとした女性に似つかわしくない爛《ただ》れた姿に、生唾を禁じ得なかった。彼女の頬は仄《ほの》かに染まり、瞳は艶やかに潤む。

彼女はネットリとした口唇愛撫同様、ゆっくりと顔の汚れを舐めしゃぶるのだ。

元恋人はフェラチオはしてくれても、飲んではくれなかった。

口にしてくれることだけが愛情の証《あかし》とは思わないけれど、こうして丹念に啄《ついば》んでくれる姿を見ると鼓動が痛いほど高鳴る。

「んぅ……さすがはお若い方ですわ。とっても濃くって……はぁぁ……こうしている今もノドに引っかかって……ん……素敵ですわっ」

額に落ちかかった烏《からす》の濡れ羽色の髪ともあいまって、淫靡《いんび》な雰囲気をまとう。

「……お恥ずかしい話ですが、私、年甲斐もなく昂奮してしまいました……。旦那様に抱いて頂きたいですわ」

色香のこもった眼差しで熱っぽく見られながら言われるのは、まさに男冥利に尽きるというものだ。

「ぼ、僕で良ければ……」

「もっとご自分に自信をもって下さい。貴方でなければいけないんです。私どものしきたりを聞いても夫になることを承諾して下さった、貴方でなければ……」

冬美はしゅるるっと帯を解き始める。足下で帯がわだかまる。

顔を上げれば、ゆったりとした笑みをたたえた冬美がそっと着物をはだけようとするところだった。

なで肩が見え、そして胸の深い谷間が――。

そこで不意に冬美の動きが止まった。

「冬美さん？　どうかしたんですか？」

冬美は照れ笑いを浮かべた。

「一つご忠告が……」

一夫多妻同様、初夜にも何かしら手順があるのかと身構える。しかし。

「私の身体は旦那様の同世代の方々のようにみずみずしいとはお世辞にも言えませんから、だらしなくっても……失望しないで下さいね？」

「そんなことあるはずないじゃないですか！　僕のを元気にしてくれたのは冬美さんなんですよっ!?」

そう力強く告げれば、冬美は「ありがとうございます」そう頬を染めて、着物を脱ぎ捨てた。

「!!」

だらしないなど、謙遜《けんそん》に過ぎる。

胸は特大のスイカを二つに切って伏せたような豊かさで、余りの豊満ぶりに下膨《しもぶく》れしている。グラビアアイドル顔負けで身体のラインからはみ出すほどだ。

頂きで咲き誇る乳頭は少し濃いめの鴇色《ときいろ》で、ぷっくりと勃起《ぼっき》していた。

ウェストはしっかりとくびれて、そのまま少し大きめのお尻のラインを描く。

太腿はムチムチと肉付きよく、足首はきゅっと締まっている。

巧が茫然として見入っていると、

「──まあ、うちの旦那様は失礼な方ですこと」

冬美が少しからかうように言った。

「じーっと見るばっかりで何も言って下さらないなんて。ガッカリしたのならそう言って下さい」

「見とれてたんです！」

冬美は口元を緩めた。

「ふふ。分かってますとも。ごめんなさい。意地悪でしたね」

冬美はそっと巧の膝の上に腰かけてくる。

彼女が巧に背中をもたれかけてくると、柔らかくムチムチした、冬美の身体の感触を腕一杯に受け止める。

巧も服を脱ぎ捨てて、お互いに裸身の温もりを感じ合う。

「冬美さん……。さ、触ってもいいですか？」

「気兼ねなさらないで下さい。わたくしの身体は旦那様のものなんですよ？　いちいち確認は要りません」

「でも僕には昔ながらの家長みたいにあれこれ命令することは出来ませんから。……ちゃんと確認を取りたいんです。嫌なことはしたくないので」

冬美は、巧の律儀ぶりに微笑んだ。

「ではお答え致します。もちろん……触って下さい。貴方を求めて身体が火照って、苦しいくらいなんです。胸も……どこもかしこも……」

彼女の柔肌は汗ばむことで、より抱き心地のいいものになっていた。

「さあ……」

冬美に右手を掴《つか》まれ、胸を触るよう促された。

背中から腕を回して乳肉を握りしめれば、「あんっ」と冬美は悩ましい声を上げる。

「これくらいの力加減で平気、ですか？」

「はい……。男の方の力強くって、ごつごつした手を感じますわ」

たわわなふくらみを包み込むように触れた。

「あ、んっ……」

たっぷりとした量感を備えた乳肉を手の平で包み込みながら、まさぐる。

しかしHカップはあるかもしれないその豊満さは、手の平ではとてもカバー出来るものではなく、指の間から乳肉が大胆にこぼれてしまう。

柔肌はまるでしっかり発酵させたパン生地のようにふんわりして、触れるそばから変形するのだ。まるで水風船。

美菜穂のように生硬い感触がなく、いつまでも揉んでいたいと思えた。

と、眉を顰《ひそ》めて悩ましい顔の冬美が、腕の中で身動《みじろ》ぐ。

「……んんん。旦那様。そう焦《じ》らさないで下さいませ……。んッ……先っぽを弄《いじ》って下さい。さっきから……おかしくなってしまいそうで……っ」

「わ、分かりました」

張り詰めた乳肉の頂《いただき》を指の間で挟み込みつつ、ぎゅっと締め付けた。

「あああんっ！」

冬美は全身を過敏に反応させ、声を弾《はず》ませた。

両方の乳頭をやんわり摘《つま》み、挟んだ指の腹でコリコリと扱く。

「んッ……アアッ……旦那様の手ぇっ……素敵ですわぁっ……」

冬美は悩ましく喘《あえ》ぎながら身動ぐ。

息が浅くなり、密着している柔肌の体温が明らかに高まるのが分かった。

しかし巧はいつまでも彼女の母性の象徴に集中してはいられなかった。

彼女が身悶えるたび、量感的な肉尻がペニスをぐいぐいと圧迫してくるのだ。

もっちりした肌が陰茎に吸い付き、出来立てのプリンのようにぷるぷるした弾力感《だんりょくかん》のある臀丘で責めたててくるのだ。

「ううっ……」

「あんっ……旦那様の逞《たくま》しいものがお尻の下でビクビク震えて……っ、私のお尻を押してきてますわ」

さらに桃尻で圧迫されてしまうと、巧は「ふ、冬美さぁんっ！」と声を上げずにはいられない。このままモチモチのヒップで圧迫され続けたら、呆気なく達してしまうのが分かりきっていたからだ。さすがにまたも暴発では恥ずかしいし、牡《おす》としてのプライドもある。

「ぼ、僕……冬美さんの中でっ……」

切羽詰まった巧の意図《いと》を汲《く》み、冬美は腰を持ち上げてくれた。

立ち上がった冬美は、巧と向かい合う格好で座り直す。

こうして間近で視線の合う距離感だと、ドキドキしてしまう。

「旦那様。貴方だけが気持ち良くなっていただけではなかったんですよ。……私も、貴方の逞しいモノをお尻で感じながら気持ち良くなっていたんです」

冬美はそうしておもむろに秘部へ手をやる。

盛り上がった恥丘。

そして生えそろう濃いめの叢《くさむら》に包まれた、楚々とした秘裂。

冬美が花肉をそっとくつろげれば、割れ目の中にあるサーモンピンクのビラビラがはみだす。

秘処はしっとりと潤んでいた。

こぼれた愛蜜が内股を伝い落ち、内股がテラテラと艶《なま》めかしくきらめく。

今すぐ挿入したいと思ったはずなのに別の欲求が顔を出して、巧は冬美の秘めた場所をチラチラと見てしまう。

「旦那様」

はっと我に返り、冬美を見る。まるで母親に一人でするのを見られてしまった子どものような気まずさを、覚えてしまう。

彼女は微笑しながら言った。

「私、ここが疼いて仕方がないんです……。旦那様のモノを頂く前に、こちらを舐めて頂いてもよろしいでしょうか」

巧の心を読んだように、冬美は身体を仰向けに横たえてくれる。

「あ、でも、下手《へた》かもしれません。あんまりこういうことの経験がないので……」

美菜穂はクンニが余り好きでなかった。しゃぶりたいとそれとなく頼んでも、「だったらエッチはしない」と言われてしまったのだ。

（ここで冬美さんを失望させないようにしないと……）

冬美は言った。

「ふふ。苦手であれば、上達すればいいだけですわ。どうぞ。私は決して嫌がったりはしませんわ」

「は、はい」

秘芯に顔を寄せれば、濃厚な冬美の匂いがした。

基本的にボディソープの香りなのだが、溢れるラブジュースからはかすかに小水っぽさも。しかしそれ以上に、牡の身体を疼かせる濃厚なフェロモンが鼻腔をくすぐる。

「……冬美さん、舐めますね？」

「お願いします……あんっ！」

秘裂に添うように舌を這わせると、冬美はビクンッと全身を反応させて悶え、胸の膨《ふく》らみがふるふると可愛らしく揺れた。

「……力加減は如何《いかが》ですか？」

綺麗なピンク色の小陰唇をかき分けるように舌を使えば、分泌された蜜汁がトロッとこぼれる。

ヂュルッと音を立てて啜れば、冬美は「あぁっ！」と無防備な歓声を上げ、膝をかすかにくの字に曲げた。

「冬美さんのおま×こ、とっても綺麗ですね。それにエッチな匂いも……」

「あんっ……綺麗と言って頂けて嬉しいです、旦那様ァッ。でもエッチな匂いは元々ではありませんよ、信じて下さい。旦那様が私を昂奮させて下さるからぁっ」

冬美は声を戦慄かせながら、巧がしゃぶりやすいように腰の位置を調整してくれるのだ。

「旦那様、こちらもしゃぶって下さいませ。私、旦那様の舌で……すっごく淫《みだ》らになっているようなんです……っ」

冬美は目元を赤らめて恥じらう。

巧は妻の望み通り、皮に包まれツンと勃《た》った肉莢を舐めた。

「あああっ！」

腰を大きくガクンッと弾ませた冬美に驚き、顔を離す。

「ごめんなさい。平気ですか!?」

「あん……。そ、そこはとっても敏感なので……優しく、そっと啄むみたいに弄ってみて下さいね」

「すいません」

うな垂れる巧を鼓舞するように、冬美は巧の頬にそっと手をやって顔を上げさせた。

「ふ、冬美さん？」

「さあ、続けて下さいませ。そうしないと私、あんまりに身体が疼いて一人でしてしまうような恥ずかしい真似をしてしまうかもしれません……。この熱を取り去れるのは、旦那様しかいないんです……っ」

「はい！　任せて下さいっ！」

巧は改めて、陰核へ唇を寄せる。

かすかに触れるだけで「あンッ！」と冬美は身悶えた。

「これくらいでどうですか？」

巧は試験を受ける生徒のような気持ちで、冬美を窺《うかが》った。

「ええ。それくらいで……大丈夫ですわ。さあ、もっと私のあそこを弄って下さいませ！」

「はいっ！」

自信を得た巧は、引き続いてクリトリスを優しく刺激する。

「ああっ、はあぁぁっ……旦那様、素敵ですわ……ンンンッ……旦那様の温かな舌が私の敏感な部分をしゃぶって……エッチなおつゆが溢れてしまいますっ！　アアッ……そんないやらしい音まで立てて……！」

冬美は総身を汗みずくにさせ、ハァハァと息遣いも荒くなった。

「旦那様。そこばかりではなく、もう一つの場所も刺激して下さいませ。一方だけではもう一方が満たされず、疼いてしまいますからぁ」

巧は冬美に言われるがまま陰核だけでなく、ピクピクと物欲しそうに伸縮する秘処にも舌を這わせる。

さっきから蜜汁はひっきりなしに溢れ、噎《む》せ返るような甘い香気を立ち上らせていた。

と、冬美の腰にそっと添わせていた右手が、温かな感触に包み込まれる。

そちらを見れば、冬美が手を握ってくれていた。

「冬美さん……？」

「こちらもお使いになって下さいませ」

「は、はいっ」

妻に初夜の手ほどきをされるというのもおかしな話かも知れないけど、巧は冬美を絶対に満足させたいという一心で従う。

そして人差し指を優しく肉洞へ押し込めば、ぬるっとした感触が指を包み込む。

「ん……っ」

冬美は鼻にかかった声をこぼす。

締め付けというよりも、まるで冬美の母性に包み込まれるような抱擁感を覚える。

根元まで入れれば、膣内の少し熱めの体温が指に浸《し》みた。

ラブジュースのダマがこぼれ、手をヌメらせる。

ぎゅうぎゅうと締め付けながら奥へ引きずりこまれた。

(おま×この動きが分かるみたいで、めちゃくちゃエッチだっ！)

ペニスを抜きたい衝動と必死に戦う。

これは初夜なのだ。自分だけ満足するわけにはいかない。

（冬美さんに満足してもらわないと……）

冬美は鼻にかかった喘ぎをこぼしながら、濡れた眼差しで巧を見つめる。

「ああっ……旦那様、素敵ですわ。そうして優しく抜き差しをして下さいませ。あぁっ、はあっ……そうですわっ！」

美しい女将は頬を薔薇《ばら》色に染めて悶えてくれた。指の動きに合わせて、腰がくねくねと淫靡な踊りを紡《つむ》ぐのだ。

冬美は胸をふるんふるんと悩ましく弾ませながら、壁によりかかる。

葉が夜露《よつゆ》に濡れるように、こぼれる愛液が陰毛に絡みつく。

柔らかな粘膜を傷つけぬよう細心の注意を払いながら、粘膜を刺激し続ける。

「こちらもしゃぶって下さいませぇっ」

「わ、分かりました」

指を動かしながら、巧はさっきよりも赤味を増した秘芽を舌先で捏《こ》ねる。

「アアっ！　ハアァッ！　ンンゥウッ！　ウゥウッ！　ンンッ！　旦那様の舌がうねってエッチに動いてますわっ！」

冬美はさっきよりも余裕を失った呻きの入り交じる艶やかな嬌声《きょうせい》を上げて、よがってくれる。

驚いた巧は心配してしまう。

「冬美さん、平気ですか？」

「す、すみません。旦那様の手とお口の力加減が素敵でしたのでぇ……もっと弄って下さいっ」

巧は再び陰核を優しく舐めながら指を動かせば、さっきまでは包み込むように優しげだった膣壁の伸縮が不意にきつい圧迫感になる。

「アアンッ……旦那様の舌を感じますわぁっ。ああぁ、あ、温かくって……ヌメヌメしたものが私の敏感な場所をいやらしく刺激して……アアァッ、旦那様。こんな風にふしだらになる私をお嫌いにならないで下さいね」

「嫌いになるなんてあり得ませんよ！」

「アアアァ、ハアァァッ……旦那様ァッ、ありがとうございます……！」

もっと乱れて欲しいと指を動かそうとするが、

「旦那様、お待ちになって下さい……。アンッ……ハァ、ハァ……これで一人だけ気持ち良くなりたくはないんです……。旦那様と一緒に悦《よろこ》びを分かち合いたいんですっ」

冬美の言わんとすることはよく分かった。

「分かりました……」

「では失礼いたします」

冬美は布団の上で四つん這いになった。

突き出された綺麗な丸いお尻を前に、巧はゴクリと生唾を呑み込む。

さっきまで舐めていた、しっとりと潤んだ鮮紅色の蜜裂だけでなく、かすかな色素の沈着があるお尻のすぼまりが丸見えになる格好だ。

これほど大胆で淫らな姿を見せられても、不思議と冬美には爛《ただ》れた印象は微塵《みじん》もない。むしろその母性愛の強さに、巧は惚れ惚れしてしまう。

巧が感じ入っていると、冬美が首だけで振り返る。

長い睫毛に縁取られた二重の丸い双眸《そうぼう》が、ウルウルと物欲しげに潤んでいた。

「旦那様。どうぞ、いらっしゃって下さいませ」

彼女はここに頂きたいんですと言わんばかりに、白魚のような繊手で割れ目を開いた。とろりとした淫らな雫《しずく》を垂らす秘壺は、サイドランプの明かりを浴びてヌメヌメと卑猥《ひわい》に照る。

巧はそっと彼女の豊満な臀部に手を添えた。

ぷりっと弾力に富んだ桃尻は気持ち良く手に吸い付いて、馴染んでくれる。

「ゴ、ゴムは……要らないんですよね」

「もちろんですわ。私どもは旦那様との間で子をなしたいのでございますもの。ですから避妊具などという無粋《ぶすい》なものは無用ですから」

(コンドームは無粋……)

こんな美人の女将が自分の子孫を求めてくれる——。

こんな光栄なことなどない。

「……冬美さん。いきますね」

「どうぞ……」

冬美の了解を得て、切っ先を淫孔へそっと押しつけた。

ぬちゃっ……。

ペニスの切っ先に、ヌルつく膣粘膜が優しく吸い付く。

まるで喜悦の涙を流すように、甘露《かんろ》の雫が男根に馴染んだ。

腰に力を入れればヌッとした手応えと一緒に、ズブリズブリと逸物が肉孔へ埋まっていく。

「ああっ!」

冬美はこらえていた息を目一杯吐き出し、悩ましい美貌をさらした。

久しぶりの秘肉の感触に、巧の産毛《うぶげ》が一斉に逆立つ。

実は、こうして避妊具なしでエッチをするのは初めてだった。恋人とはどんな時もゴムを着けた。それが最低限のエチケットだと思っていたからだ。

しかし巧と冬美は彼氏彼女ではない。夫婦なのだ。

(うッ……気を付けないと暴発しちゃいそうだ……っ)

ズッズッ……ゆっくりゆっくりと、久しぶりの女性の中を愉《たの》しむ。直《じか》に触れる、蕩ける膣肉の強い刺激に腰が引けてしまう。

だが感覚が鋭敏な分、女性の中の複雑な構造が悩ましいくらいペニスごしに分かった。

入り口は狭いが、奥にいくと広い。

温かくヌトヌトした柔襞《やわひだ》に包み込まれた肉壺を、長大な逸物で切り開けば、柔襞が亀頭に殺到してくる。

「はあぁあっ……旦那様のあそこが私の中を突き進んでぇ……！」

冬美は後れ毛の悩ましい首筋を赤らめ、艶めかしい声を上げる。

切っ先が半ばまで進めば、お尻に添えていた手に力がこもり、逆ハート型の美尻の形を歪《ゆが》めた。

「うっ」

射精欲求が膨らみ、腰が止まってしまう。

「旦那様？」

冬美が心配そうに振り返る。

「す、すいません。僕……出ちゃいそうで……情けない夫ですね――」

すると、安堵したように冬美はかぶりを振った。

「旦那様。ご自分を卑下なさるのはおやめ下さい。心配はありません。途中で出したくなれば、存分に出して下さって構わないんです。どれほど動いて下さっても構いません。旦那様のお好きなように……」

「そ、そんな……出来ません」

「遠慮は……」

「そうじゃなくって。冬美さんは奥さんだから……だから、優しく接したいんです。一方的に僕だけが気持ち良くなるのは嫌なんですっ」

冬美は一瞬びっくりしたような、はっと胸を突かれたような顔をしたかと思えば、優しげな笑みをこぼす。

「……でしたら旦那様、ゆっくりと動いたらよろしゅうございますわ。でも出そうになったら我慢せず、思いっきり出して下さいませ。私も無理をさせるのは本意ではありません。私は旦那様が私の身体で気持ち良くなって下さるのが、至上の悦びなんですから」

「わ、分かりました」

巧は半ばくらいで止めていた腰をゆっくりを引く。

ズリズリィッと笠エラに柔肉を引っかけ、巻き込むように刺激する。

「はあっ！」

冬美がびくんっと白い体躯をのたうたせた。

蜜洞が抜けていくペニスを逃さぬよう、ギュッと強い力で圧迫してくれる。

巧は呻きながらもギリギリ抜けるかどうかの所まで腰を引き、今度は再び挿入し直す。

ケバだった柔粘膜を癒やすように、肉の槍で捏ねまわした。

「ンンーッ……ハアアッ……だ、旦那様の雄々しいものが私の中を……大きく広げていきながら、奥へと向かってくるのが伝わってきますわッ」

冬美が身悶え、布団のシーツをぎゅっと握りしめる。

膣圧が増すが、それは決して乱暴に締め上げられるのとは違う。

ふわっと包み込んでくれた上で、柔粘膜全体でグニュッグニュウッッと絞り上げてくれる。

快感の稲妻がズキズキッと棹を貫《つらぬ》き、玉袋で爆《は》ぜてしまう。

「ううう……ふ、冬美さんッ」

それでもすぐには腰を引かず、とろとろのラブジュースを肉棒全体にまぶしつつ、根元まで差し入れた。

「アアンッ！」

冬美が一際大きな嬌声を上げた。

それ以上は行きようがない行き止まりに達したのだ。

それで何もかも終わったわけではない。

その間も膣粘膜はうねりながら棹全体を扱いて子種を望む。一方男根を受け入れることで、これだけ広がっていることが信じられないほど狭隘な膣穴はぐっと窄まり、根元をグイグイと絞ってくる。

甘い性感電流が閃《ひらめ》き、腰が慄然《りつぜん》としてしまう。

冬美は声を上擦らせる。

「アアッ……旦那様。わ、分かりますか？　旦那様のあそこが私の深い場所に達しているんですっ……」

「わ、分かります。冬美さんのいやらしいあそこが吸い付いて……ウウウッ！」

「アンッ……いやらしくなるのはご勘弁を……っ！　だって、貴方があれほど私のあそこをしゃぶって……ンンッ……私を焦らしたんですもの。アンッ……貴方のものを求めるのは当然のことなんですわ！」

昂奮の余り声を上擦らせる冬美に、巧は微笑みかけた。

「もう、何がおかしいんですかぁ？」

「ごめんなさい。冬美さんをからかったんじゃないんです。僕と同じように、冬美さんも気持ち良くなってくれているのが嬉しくって。僕ばっかり勝手に気持ち良くなるのは夫としてだらしないですから」

「あンッ……そんな余計なことはお考えにならずとも……」

「いえ、考えますよ。夫ですから」

巧は冬美の言葉を遮《さえぎ》りながらゆっくりと腰を動かそうするが、どうしても射精の気配を感じると鈍くならざるを得なかった。

（何やってるんだよ。冬美さんは美菜穂とは違うんだ。僕が失敗しても……別れたりなんてしないんだ）

そう自分に言い聞かせてみても、すぐに射精したくないという気持ちは消えてはくれなかった。そして冬美も、巧のそんな気持ちを察したようだ。

「旦那様……提案がございますわ」

「な、何ですか？」

「私が動くんです。そうして、旦那様を気持ち良くして差し上げます。もう私、旦那様のものが深くまで来てしまって……これ以上は、ジッとはしていられそうにないんですっ」

「え、いや、そんなっ——ウウウッ!?」

巧の了解を待たず、桃尻がぐっと不意に引いたのだ。

肉幹がかすかに露《あら》わになったかと思えば、再び戦慄く媚孔《びこう》へ呑み込まれていく。

蕩けた蜜肉と逸物が擦れ合うことで、ヌッチャヌッチャッと淫靡な水音が弾けた。

「うあああ！　ふ、冬美さん!?」

「あぁっ……旦那様の逞しいものが私の中をいやらしいくらい広げて……ンンンッ……恥ずかしいですわッ。あんっ……妻になった女が自ら動くほどに浅ましいと、軽蔑なさらないで下さいませぇっ！」

冬美は頬を桜色に染めて恥じらいながらも、下半身をくねくねと蠱惑的に揺らすことはやめず、屹立《きつりつ》を呑み込んでいく。

繰り返される腰の動きで蜜裂から肉ビラがいやらしくはみ出し、こぼれた愛蜜がグチュグチュと下品な音をたてて泡立った。

巧はその一部始終を見た。

(冬美さん、エッチすぎるよっ！)

それでもその艶やかな腰の動きにすっかり骨抜きにされて、なすがままにされるのだった。


「んっ……んふっ……はあああっ……」

冬美は鼻にかかった声をこぼしながら身体を戦慄かせ、艶やかな腰遣いを紡ぐ。

冬美は巧の逞しい若棹を受け入れる昂奮に、目元を赤らめてしまう。

「はあぁぁぁ……っ」

巧の男根は若い牡鹿のしなやかな肉体のように頑健で、年増である自分の媚身を恥ずかしいくらい濡らすのだ。

(巧さんはひどく傷ついていらっしゃるんだわ)

閨《ねや》での自信なさげな様子を見るに、きっと女性とのまぐわいで嫌な思い出があるのだろう。

青年の浮かべる懊悩の表情が、冬美の母性をくすぐる。

彼の心の傷を少しでも癒やせる妻《おんな》でありたい。いや、妻《おんな》にならなくてはいけない。

——冬美さんは奥さんだから……だから、優しく扱いたいんです。一方的に僕だけが気持ち良くなるのは嫌なんですっ。

さっき言ってくれた彼の言葉が——巧にとっては何気ない言葉だったとしても——、冬美の心身を思った以上に昂《たか》ぶらせていた。

一夫多妻は安達家のしきたり。

それを一族の人間として義務的に遂行しようとしていた自分を恥じた。

事情をよく知らなかったとはいえ、ここに婿入りしてくれた巧の方がずっと冬美を大切に扱ってくれようとしていたなんて……。

そんな夫の優しさに応えたかった。こうして自分で腰を前後に遣《つか》うことで、長大な陰茎の逞しくゴツゴツした形が、深く柔孔へ刻まれる。

「アアッ……旦那様の逞しいものが私の中でビクビクしてますわぁっ……こんなに素敵なもの、初めてで……ゾクゾクしちゃいますわっ！」

動くことで攪拌《かくはん》される蜜汁が、粘りつくような音をたてながら泡立つ。放屁めいた恥ずかしい音が間断なくこぼれてしまう。

しかし動きを止められない。

「ああっ、はあっ、んうっ……」

若さではちきれんばかりのペニスの逞しさに、冬美は年甲斐もなく積極的になってしまう。これでは妻ではなく、どこかの商売女ではないか。

自制をしてもっと貞淑な妻であるべきなのに、こうして雄々しい男根と一つになれば、そんなことはどうでも良くなってしまう。

巧を導きたい。共に気持ち良くなりたい。

望みと欲望とが混ざり合い、はしたなさとなって結実する。

汗ばんだ身体がムラムラと火照り、腰がビクビクと戦慄く。

桃尻をガッチリと摑んでいる、巧の両手に力がこもった。

「ふ、冬美さんのいやらしい孔が僕のを締め付けて……すっごい……こんなのいやらしすぎるっ！　僕のをどんどん奥へ奥へと引きずり込んで……まるで食べられてるみたいだっ！」

「あぁっ……そ、そんな風に仰らないで下さいィッ！　だって……こんなに……ンンッ……男らしいもので貫かれてしまったら……ンンッ……我慢できる女なんていませんものっ！」

嬉々として男根を咥えこむのをやめられない。

繋がった部分から溢れた蜜汁のあぶくがヌラァーッと糸を引きながら、敷き布団に黒々とした染みを刻んでいく。

「冬美さんっ！」

と、不意に巧が腰を押し出してきた。

ズンッと身体の中に染みいるような愉悦《ゆえつ》の波が迸《ほとばし》り、冬美は「ひぃぃぃん！」とあられもないよがり声を上げてしまう。

驚いて振り返れば、彼が腰を動かしていた。

「旦那様、動かれても大丈夫なんですか？」

「冬美さんのエッチな姿を見せつけられていたら、じっとなんてしてられないんですっ！」

「アアッ……ち、違います……。見せつけるなんて……」

巧が腰を動かしてくるが、その動きはぎこちない。

子宮の入り口を突き、腰を引く。そして半ばくらいまで抜いた所でまたズッと逸物を挿入する。往復するごとにお尻を握りしめている汗ばんだ手に力がこもり、小刻みな震えが伝わってくるのが愛おしい。

夫婦の契《ちぎ》りを結ぼうとしてくれている巧の懸命な姿に、胸がキュンッとしてしまう。

（もうこんな気持ちなんて味わえないと思っていたのに……）

学生時代に恋をして、付き合った人はいた。しかしその人とは将来は描けない運命。

常に安達家のしきたりが重くのしかかってきた。

しかしそれを卑下したことはなかった。

安達家の女に生まれた運命なのだと、長じるにつれて割り切れた。

それでも夫として迎え入れる人とは、ちゃんと夫婦の絆が出来ればいい、と思っていた。

それがこうして現実になってくれるかもしれない期待で心が弾んだ。

ギュッと膣圧に力がこもれば、「冬美さんっ!?」と巧が辛そうな声を漏らして動きを止めた。

「……少しじっとしていて下さいね？」

冬美は繋がったまま、体位を変えた。

力強く張り出した笠肉と膣壁が擦れ、目蓋の裏で桃色の火花が爆ぜた。

ただでさえ、男根をより深く感じることが出来ている状況での体位変化は辛い。

しかしいつまでも巧の顔を見ないでするのは嫌だった。

冬美は巧と向かいあう――正常位の格好になる。

巧は今にも泣き出してしまいそうなくらい切なげな顔をしていた。

いや、彼だけではない。

彼の眼差しに映る冬美もまた年甲斐もなく張り切り、そして切なさに蕩けた顔を晒してしまっている。

「旦那様。さあっ」

そっと腕を伸ばせば、巧が身を乗り出してくれた。

突然の体位変化に戸惑いながらも、こうして冬美と向き合えると、より胸の鼓動が高鳴るのだった。

冬美は匂い立つようないやらしさをまといながらも、大和撫子《やまとなでしこ》然とした清楚さは決して失わない。

彼女が肩で息をするたび、たわわな実りがたぷんたぷんといやらしく揺れるのだ。

向かいあった豊満な二つのふくらみに指を埋めれば、しっとりとしたモチ肌の柔らかさと一緒に指先に吸い付き、むにゅぅっと柔らかく変形する。

汗ばんだ肌はとても心地よい。

「旦那様。もっと強く握って下さっても構いませんわ」

そう濡れた眼差しで懇願され、巧は手に力を込めれば、そこはまるでスライムのように手の形に添うように形を変えてくれる。

「冬美さんのおっぱい、すっごくエッチですね。僕の手の中でムニムニって震えちゃって……っ」

「あぁっ……旦那様、そんな言い方、いけませんわ……っ」

冬美は涙目になり、形の良い眉を顰めた。

恥じらっているにもかかわらず、ぐっちょりと濡れている秘壺が執拗にペニスに絡みついてくる。その対比で、さらに昂奮が煽られた。

彼女は昂奮してくれているのだ。

乳頭を摘《つ》まんだ。

「アアアンッ！」

冬美はビクンッと肉付きの良い肢体を戦慄かせる。

繋がった肉の輪っかがピクピクと戦慄きながら逸物をギュウッと強く圧迫して、子種をおねだりしてくる。

パン生地を捏ねるように二つの乳丘を入念に揉みしだけば、汗ばんだ双乳が手の平でクチュクチュと艶めかしい水音を奏でてくれる。乳頭は痛そうなくらいツンと尖り、爪弾くだけで冬美は「あああんっ！」と喘いでくれた。

巧が母性の象徴に夢中になっていると、冬美が切なげな声を漏らす。

「旦那様。アンンンッ……胸ばっかりされては……アンッ……っ、辛いんです……」

そうしてくびれた腰をクネクネと揺する。

「分かりました」

巧はゆっくりと腰を引く。

「あ……んっ！」

冬美は声を弾ませ、半開きにした口元からハァッ……アアッ……と上擦った息遣いをこぼす。

腰を押し出しながら長大な肉棒を埋めれば、冬美は涕泣《ていきゅう》した。

限界まで肉棒を押しだし、子宮の入り口をグッと押す。

「ぁあああっ……旦那様の逞しいものが、私の深い場所まできてェッ……アアアッ……駄目ェッ！　刺さっちゃいますわッ！　旦那様の逞しいものが私の大切な場所に……旦那様の子を孕む場所に刺さっちゃいますぅぅぅぅッ！」

膣圧の強さが格段に高まる。

冬美が乱れるたび、胸元を大きく膨らませている美巨乳がまるで出来立てのプリンのようにぷるんぷるんと今にも形を失って溶けてしまわんばかりに悩ましく揺れるのだった。柔らかい柔肉で責め扱かれながら、巧は腰を引く。

「ううううっ！」

ビリビリと甘い痺れが迸れば、腰が戦慄いてしまう。

巧は少しでも抽送《ちゆうそう》に集中する為に、乳房をむんずと握りしめた。

「ああっ……やあぁっ！」

冬美は性感帯である乳頭を刺激されればムチムチの足を動かし、シーツをグチャグチャにする。

巧と冬美の接合部は溢れる蜜でネチョネチョ。

巧が腰を動かすたび引っかき回され、かき出されて絡み合う体液が糸を引きながらますます敷き布団を湿らせていく。

巧は少しでも冬美を満足させたい一心で、腰を前後に動かす。

「アアッ……だ、旦那様のあそこ、力強く刺さってェッ……ヒイインッ……たまりませんわ。もっと、もっと来て下さいませぇっ！」

冬美は伸ばした両腕を、巧の首に回し、それまでジタバタと暴れさせていた両足を腰に巻き付けてくる。汗ばんだ肉感的な太腿の柔らかさが腰に染みた。

巧は奥へ奥へと引きずり込もうとする蜜肉の誘惑を振りきりながら、腰を引く。

「アアアアンッ！」

冬美は奥を擦られるよりも引いた時の方が、声が蕩けるようだった。

「ふ、冬美さんっ！」

蕩ける媚壁で屹立を悩ましくしゃぶられれば、腰が戦慄き、切ない声が溢れた。

巧は冬美と視線を絡めた。

彼女はそっと目を閉じてくれる。

巧は熱い秘処の中で一体となりながら、唇を重ねた。

優しげに唇を啄むアイドリングは、最早二人には必要ない。

巧の頬に手を添えた冬美が肉厚な舌を這わせ、巧の唾液を啜り飲んでくれる。

（冬美さんっ！）

昂ぶりは同じだが、冬美は発情の有り様をより生々しい形で表明してくれる。

そうして巧を翻弄《ほんろう》してくれるのだ。

唇を泡立つ唾液でベトベトにしあえば、下半身の肉の輪っかがきつく締まり、よりねちっこく蠢《うごめ》いた。その執拗な子種のおねだりに、巧の腰の振幅は短く、余裕のないものにならざるを得ない。

グチュ、ヂュブッ、ニュップ！　淫らで糸引くような水音が二人の絡まり合う部分から漏れ出て、蒸れた熱気が満ちた。

(冬美さんより先にはイけないっ！)

つまらないかもしれないがそれは男の意地、いや、巧の場合は虚勢に近いかもしれない。恋人に捨てられた自分をこうして優しく包み込んで、子種が欲しいと言ってくれるこの女性に最後までしっかりと気持ち良くなってもらいたかった。

「はあ、ぁあっ、た、巧さぁんっ……ぁあっ、ごめんなさい……っ。わ、私……先に駄目になってしまいますわッ」

「いえ、僕ももう……」

「一緒にイって下さい。初夜ですもの。一緒に気持ち良くなればきっと、赤ん坊も出来ますわ」

赤ん坊。その無条件に自分の子種を受け入れてくれるという優しさ、牡としての悦びに我慢の堰《せき》が決壊する。

「ふ、冬美さんッ！」

根元まで挿入した陰茎が激しく戦慄く。

射精の前兆に冬美も気付いたように、涙目で求める。

「旦那様っ。そのまま出して下さいませェッ！　私の中をあなたの熱いお汁でグチャグチャにして下さいませェッ！」

我慢の限界を迎え、巧は背筋を反らせる。

ビュルルッ！　冬美の子宮を溺れさせるほど、ありったけの樹液を注ぎ込んだ。

「はあああああ……旦那様の熱いのが私の中一杯に注ぎ込まれてぇ……あ、あそこが私の中でビクビク震えてぇ！　ヒイイインンッ!!」

冬美が身も世もなく、取り乱して激しくかぶりを振ることで、頭の上でまとめていた黒髪がほどけて、ぱっと布団の上で扇形に広がっていく。

目にも鮮やかな烏《からす》の濡れ羽色の美しい髪が戦慄いた。

「旦那様アッ……イク！　イクウ！　イっちゃいますううううううう……っ!!」

膣壁が痙攣《けいれん》まじりに伸縮を繰り返す胎内めがけ、子種を撒《ま》き散らす。

（や、やばいっ！　冬美さんのおま×こ、良すぎる！　僕のをいやらしく咥えこんで離さないよッ!!）

蜜裂から白濁《はくだく》した体液がビュブブッ……と下品な音をたてながら溢れる。

巧はお互いに汗ばんだ身体を擦りつけながら、冬美と抱き合った。

「……ふ、冬美さん」

「あぁぁ……旦那様の、熱いものが……今、私の中に満ちて……ンンッ……とっても火照ってますわっ……」

「冬美さんのあそこ、グニュグニュ動き続けて……とってもエッチですっ」

冬美はさっきまで大胆に、巧を導いてくれたことも忘れてしまったみたいに、頬を染めて恥じらう。しかし決して潤んだ目は背けない。

「こうしていやらしくなるのは貴方の前でだけですから……。だから、嫌いにならないで下さいね？」

「嫌いになるなんてありえませんよ。こんなに尽くして下さる最高の奥さんなのに」

冬美は頬を染めた。

「嬉しいですわ。こんなおばさんをイかせてくれてありがとうございます」

「僕こそ……すっごく気持ち良くって……ありがとうございます」

お互いに笑みを交わし、そしてそっと触れあわせるだけの口づけをした。

ほんのりと甘い、汗の味がした。

第二章　悦び乱れる次女

「旦那様。起きて下さいませ。旦那様……」

そう、ゆさゆさと身体を揺すられた巧がゆっくりと目を開けると、冬美がいた。

彼女は藤色の着物姿だった。

その清らかな雰囲気は、昨夜、汗みどろになりながら激しく交わった時の激情など微塵も感じさせない。

「おはようございます」

「……お、おはようございます……」

巧は身体を起こし、やや寝ぼけた声を出した。

枕元においてあったスマホで時刻を見ると、まだ午前四時。

外はまだ深夜のように真っ暗。

「起こして申し訳ございません。ですが、毎日お参りに行くのが日課ですので。旦那様もご一緒に、お願い致します」

「お参り？」

「はい。裏の山にわたくしどもの家の守り神の社《やしろ》がございまして……。そこに毎朝、お参りに行くんです」

「分かりました」

「お着替え、お手伝いしますか？」

巧は慌てた。

「だ、大丈夫です！　それは一人で出来ますので！」

「分かりました。では……」

頭を下げ、冬美は無駄のない所作で部屋を出ていく。

巧はホッと息を吐き出した。


服を着替えた巧は歯を磨《みが》き、顔を洗った。

顔を冷水にさらせば、眠気はすっかり醒めてしまう。

「うわ、効くーっ！」

タオルで顔を拭《ふ》いていると、

「なあにが効くって？」

どこかからかうような声がかけられた。

顔を上げると、花びらを薄く散らした鮮やかな撫子色の着物姿の薫がニヤニヤしながら立っていた。

冬美もそうだが、薫もまだ日が昇る前からバッチリとメイクをして、一分の隙も無い。そんな洗練された姿に、巧は気後れを覚えてしまう。

冬美が派手めな柄物を着ていても、おっとりとした印象ともあいまってそれほどくどく見えない一方、薫は顔立ちが派手であるぶん、着物が控え目な印象で派手さが抑えられていた。

「冷水ですよ。眠気もバッチリ消えるなあって」

「へえ、ふうーん」

薫は意味ありげなイタズラっぽい笑みを隠さない。

「な、何ですか？」

「昨日、姉さんと寝たんでしょ？」

そう耳打ちされ、目を見開いてしまう。

「な……！　の、覗いてたんですか⁉」

「馬鹿ね。そんなことをするわけないじゃない。そんなことは、姉さんを見れば一発で分かるわよ。妙に朝から機嫌が良いと思ったのよねー」

「機嫌が良かった、ですか？」

「まあ一緒に住んでればそういうことも分かるわけ。で、ちゃんと姉さんはイかせたの？」

幾ら姉妹だからって明け透け過ぎじゃない!?　と面食らってしまう。

「そんなこと、言えるわけないじゃないですか！」

巧は顔を背《そむ》けて歩き出そうとするが、手首をパシッと掴まれてしまう。

「ちょっとちょっと私だって、あんたの妻なのよ？　あんたともするんだからさぁ。期待くらいはしたいじゃない？」

「だ、だから——」

「——薫ちゃん。何をしているんですか？」

妙に明るい声が聞こえたと思ってそちらを見れば、いつの間にやら冬美が立っていた。

「ね、姉さん！」

薫はさすがに不味いという顔をした。

「ち、違うのよ？　ちょっと朝の挨拶をしてただけよ!?　ねえっ？」

話をいきなり振られた巧は頷く。

「そ、そうです！」

「そう。お話は後で。お参りに行きましょう」

「は、はい！」

「そうね、行こう！」

妙に威圧感のある笑顔に、巧と薫は勢い込んで頷いた。

玄関に向かうと、そこにはすでに真由がいた。

彼女もまた上の姉二人と同じように着物姿だ。南天を散らした空色の綺麗な着物をまとっている。

「真由ちゃん、おはよう」

声をかけるが、真由は無視して顔を背けてしまう。

（まあ気持ちは分かるけど、嫌われたもんだなぁ）

冬美がそれを見咎《みとが》める。

「真由ちゃん。ご挨拶をなさい」

「……冬美さん、いいんですよ」

「そうは参りません。真由ちゃんっ」

一歩も譲らない冬美の声に真由が巧を嫌々、見る。

「……おはよう」

「お、おはよう……」

（そんなに眉間にシワを寄せなくても！）

「では、皆さん。参りましょう」

一人一人傘を手に、外に出た。


「すっごい雪だなぁ」

外に出るなり、思わず感嘆の声が出てしまう。

昨日はまだ少し積もりはじめた程度だったが、今や一面真っ白な銀世界。

今も綿毛のような雪はしんしんと降り続いている。

冬美がにこやかに振り返る。

「気に入って頂けましたか？」

「はい！　こんなに積もったら雪合戦とかかまくらとか出来そうですね！」

「ふふ。もちろん出来ますわ。わたくしどもも、子どもの頃はよくやっていましたもの。ねえ、薫ちゃん？」

「そうそう。姉さんが我先にってね」

「も、もう。何を言うの……。薫ちゃんだって楽しんでたでしょ？」

子どもの頃のことを言われて、冬美は頬を染め、唇を尖らせた。

(冬美さんも、あんな顔をするんだな)

巧とすればとても新鮮だった。

「まあ大人になったらさすがにそんなことはしないし、一週間も見てるとうんざりしてくるけどね」

薫が軽口を叩けば、すぐに冬美が咎める。

「薫ちゃん」

「はいはい。余計なことを言いました。ごめんなさーい！」

吐く息は真っ白で、少し歩きにくさを感じながら進む。

前を進む冬美たちは、それぞれ鼻緒の色の違う下駄を履いて、カランコロンと小気味良い音を響かせて器用に歩いていた。

「うわっ！」

巧はといえば、慣れない雪道のせいで飛び石を踏むなり、滑ってしまう。

危うく頭から地面に倒れそうになる所を、薫に手を摑んで貰って事なきを得た。

「ちょっと平気？」

「す、すいません！　雪には馴れてなくって……」

「ちゃんと足下を見なさい。頭を打って意識不明なんて笑えないわよ？」

「気を付けます」

冬美が薫に言う。

「薫ちゃん。そう言わないで、転ばないように見ていてあげなさい。私たちの旦那様なんです。大切に扱って当然なんですよ？」

「はいはい」

薫は肩をすくめ、先を促すように巧に顎をしゃくった。

どうにかその後は危ない目にも遭《あ》わず、目的地に到着できた。

裏山の道を進んで十五分ほどだろうか。鳥居が見えてくる。

降りしきる白い雪ともあいまって、深紅の鳥居がとても艶めいて見えた。

鳥居を抜けた先に小さな社《やしろ》があった。

冬美は持参したタオルで、社の屋根に積もった雪をそっと払い落とすと、古いお酒を回収し、新しいお酒をお供えする。

そして最後尾にいた巧に呼びかけた。

「旦那様。どうぞ、こちらへ」

「あ、はい……」

緊張しながら冬美の隣に立つと、冬美は社に話しかける。

「こちらにいらっしゃる巧さんが私どもの夫でございます……。どうか、安達家にますますの繁栄があらんことを……どうぞ、よろしくお願いします」

冬美たちが手を合わせるのを見て、巧もそれに倣《なら》った。

(これから冬美さん、薫さん、真由ちゃんと幸せな結婚生活を送れますように……。しっかりみんなを幸せに出来ますように……)

祈ったその時、巧はまるで春風のような温かな空気を感じた。

はっとして辺りを見回すが、しんしんと雪が降り続いているのは変わらない。

(き、気のせい？)

冬美が小首を傾げる。

「旦那様？　どうかされたましたか？」

「え！　あ……い、いいえ……。何でも……」

「では戻りましょう。戻ったらすぐに朝食をご用意いたしますので」

(今の何だったんだろう……)

巧は社を何度も振り返りながら、歩き出した。


気付くともう午後十一時。

巧は自分の部屋で大の字にでんと横になっていた。

雪は相も変わらず降り続いている。

(今日は一日、何もしなかったなぁ)

冬美には何か旅館の仕事を手伝えないかと言ってみたのだが、

――旦那様がそのようなことをする必要はございません。旅館の従業員もいますので、どうぞおくつろぎ下さいませ。

と、固辞されてしまった。

都会暮らしの頃はあれほど休みが欲しかったが、いざこうして何もしないでいいと言われてしまうと、手持ちぶさたっぷりがやばい。

とはいえ、旅館の方にのこのこ顔を出して冬美たちの仕事を邪魔するのはさすがに申し訳なく、この雪と寒さでは散歩というわけにもいかない。

結果、ゴロゴロしている内に眠くなり、起きた時には夕食時だった。

一日があっという間に終わってしまったようで、無茶苦茶損をした気分だ。

(そろそろお風呂に入ろうかな……)

そうして立ち上がろうとしたその時、「巧」と呼びかける声が廊下から聞こえた。

襖《ふすま》を開けると、そこには薫が立っていた。

「薫さん？ どうしたんですか？」

「お風呂、入りに行くわよー」

「え！」

薫が眉を顰めた。

「何よ。私とは入りたくないわけ？」

「いいえ！ そんなことは……」

薫は満足そうに微笑む。

「そうよね。私たちは夫婦なんだもん。さあ、行くわよ」

薫の後ろをついていく。

自然、お尻に目が引きつけられた。仕立ての良さそうな着物ごしの柔らかな曲線を描く美尻。

それが薫が楚々とした足運びをするたび、ふるふると艶めかしく右へ左へ揺れるのだ。

「なーに、見てるのよ」

いつの間にか振り返っていた薫がニヤニヤとからかうように笑っていた。

「い、いえ。何《なん》にも見てませんっ」

あからさまな嘘だが、そう言わざるを得なかった。

「ふうん。まあいいけど」

そうして薫は階段を下りていくが、彼女が足を向けたのは玄関だった。

「薫さん、お風呂に入るんじゃないんですか？」

「いいから付いてきなさいって」

靴に履き替え、向かったのは本館である。

裏口から入ると、静まりかえった館内を歩く。

すでに従業員たちはみんな帰宅し、お客様方はそれぞれ離れの部屋でくつろいでいる、日付が変わろうとする時間帯だ。

そして幾つかの階段を下り、到着したのは館内の露天風呂だ。

男子、女子風呂の扉には『午前0時より清掃中につき、ご利用いただけません。離れのお風呂をご利用くださいませ』と書かれた札が下がっている。

「入っても大丈夫なんですか？」

薫は思わずと言った風に吹き出す。

「ちょっと。私たちはこの旅館の経営者なのよ？　駄目なわけないじゃない」

「あ、そ、そうでしたね。あははは……」

薫は男子風呂の扉を何の躊躇《ちゅうちょ》もなく開けて入っていく。

「薫さんっ!?」

「何を驚いてるのよ。一緒に入るって言ったじゃない」

「あ、はい……」

脱衣所で服を脱ぎ始めるが、強い視線に気付いて顔を上げた。

「……か、薫さんは脱がないんですか？」

薫は壁にもたれかかり、巧をじっと見つめている。

「あら。自分は服を着たままで、女を先に脱がせるつもり？」

「違いますよ。お風呂に入るんですよね。だったら……」

薫は呆れたようにかぶりを振った。

「全く。夫婦になって初めてこうして二人きりで過ごすのよ？　そんな最初っから妻の無防備な姿が見られると思ったら大間違い。分かったら脱ぎなさい」

よく分からない理屈だったが、ここでごねていても仕方が無いと恥ずかしさに耳を熱くさせながら服を脱いでいく。

薫はその様子を楽しそうに眺めている。

そして全裸になってタオルで股間を隠し、ちらっと薫を見る。

薫はしげしげと眺めると、「へえ、意外」と呟く。

「な、何が意外なんですか？」

「結構、鍛えてると思って……」

「い、いえ。そんなことは……痩せてるだけですよ……」

モジモジしてしまう。

「それじゃあ先にお湯につかってて。冷えるわよ」

「分かりました」

ガラガラと磨りガラスの引き戸を開ければ、温泉から匂い立つ硫黄くささが鼻をくすぐる。

（ザ・温泉って感じだ！）

かけ湯をして湯船につかれば、冷えていた身体に少し熱めの温泉が心地よく染みた。

「はぁぁぁ……っ」

おっさん臭いことを自覚しながら、思いっきり息を吐く。

ほとんど休みが無かった都会時代。

寝る前の少しの時間を使って、色々な旅館やホテルのホームページを見ながら、美菜穂と一緒に旅行に出かけるのを妄想したものだ。

恋人のことはともかく、それ以外は夢が叶《かな》ったことになる。

それにしても、考えるなと思うのに、自然と美菜穂のことを考えてしまう。

そんな未練がましい自分が死ぬほど嫌だった。

(忘れるんだ、忘れろっ)

そう念じるように自分に言い聞かせていると、ガラガラと引き戸が開いた。

「——なあに、うちの風呂はそんなに大したことない？」

そう言いながら薫がタオルを巻いたまま現れた。

タオルからはみだした乳丘、そしてすべやかな美脚に見入ってしまう。

「ち、違うんです。お風呂はすっごく気持ち良いですっ！」

「そう。なら良かったわ」

かけ湯をする前に、薫はタオルを足下に落とす。

あられもない裸身が、巧の目に飛び込んできた。

タオルの向こうにあった肉体は、細身ながら胸やお尻は肉感的で、優艶な曲線を描いている。

桜色の乳首は位置が高く、胸全体が目には見えない手で支えられているみたいにツンッと上向いていていた。

そして艶めかしい乳頭はころんと勃起している。

続いてお尻だ。こちらはキュッと引き締まってコンパクトにまとまっているが、彼女の歩みに合わせて胸同様、尻タブがプリプリッとみずみずしく揺れるのだ。

そして恥丘に萌える草むらは薄めで、割れ目がかすかに見えてしまう。

八頭身の美しいプロポーションを惜《お》しげもなくさらしている薫の姿に、やっぱり気《き》後《おく》れを覚えずにはいられない。目の前のモデルのような人が、自分のような寝取られ男の妻に心から望んでなってくれるのかと、不安になってしまう。

薫はかけ湯をすると、湯船に浸《つ》かってきた。

巧がそれとなく距離を取ろうとすると、「ステイ！」と言われてしまう。

「僕は犬じゃないんですけど」

「知ってるー。私の旦那でしょ。ホラ。夫婦のスキンシップよ。おいでー」

巧の肩を摑むと、抱き寄せられてしまう。

「うわっ！」

むにゅっ。左のほっぺたに柔らかな弾力感がはじけた。

湯船にぷっかりと上弦が浮かび上がった右のバストが、柔らかく変形している。

色白でキメの細かい肌が心地よく吸い付き、それだけで陶然としてしまう。

「ようやく消えたわね」

はっと我に返る。

「何がですか？」

薫は巧の肩から腕を外すと、向かい合った。

逃がさないぞ、とその茶色の虹彩がじっと見つめてくる。

「眉間のシワ。あんた、ここに来る前に何があったの？　最初は一夫多妻だって知らなかったにしても、知った後もあんたはここにいる。何でわざわざ便利な都会からこんな辺鄙《へんぴ》な田舎くんだりまでやって来たわけ？」

「それは……」

「ま、言いたくなかったらいいけどね」

「……実は」

巧は何があったかを包み隠さず話した。

呆れられ、寝取られ男が旦那なんて気持ち悪いと嫌悪されてしまうかもしれない。

しかし薫の反応はどれとも違っていた。

「なるほどね。初めての恋人とそんな形で終わりでもしたら、そりゃヤケを起こして都会を飛び出しもするわよねぇ」

「……馬鹿にしないんですか？」

「あのねえ、あんたは私を何だと思ってるわけ？　全く。あんたは妻になる女のことを何にも分かってないわね。まあ、私もだけど……。でも、それじゃあんたにとってここは現実逃避の場所だってことかぁ」

「ち、違います！」

巧の上げた声に、薫はびっくりしたように目を丸くする。

「そうなの？」

「確かに最初は街から離れたい一心でこちらに来ました。でも、こうして僕を迎えてくれるみなさん、僕が夫でいいのかって躊躇《ためら》うくらい素敵な人たちで。僕は、みなさんと一緒にこれからも過ごしていきた……んんっ!?」

言葉は最後まで出なかった。薫が巧の唇を塞《ふさ》いだからだ。

そのしっとりとした唇に、何もかもどうでも良くなってしまう。

唇がそっと離された。「あ」と名残《なごり》惜しい声を漏らせば、薫は微笑んだ。

「みなさんなんて、他人行儀すぎ。私は妻。あんたは夫。いい？」

「は、はい」

頬がヒリヒリし、のぼせてしまいそうだったが、それは温泉のせいではない。

股の間のモノがジンジンと疼く。

股を閉じても、余計に股間の存在を意識するだけだった。

「それじゃあ、身体を洗うわよ」

「わ、分かりました」

「何をぼんやりしてるのよ。あんたが私を洗うに決まってるじゃない。夫なんだから
それくらい当然でしょう。ほら、早くして。湯冷めしちゃうじゃないっ」

薫に急き立てられ、「あ、はい、分かりました」と巧は利《き》かん棒を見られないよう
に中腰になりながら湯船から上がる。

バスチェアに腰かけた薫の背後に回った。

「それじゃあ、始めますね？」

「ちょっと待って。そのタオルは何？」

「え？　これで身体を洗おうと」

「ちょっと。そんなのでゴシゴシされたら肌に傷がついちゃうじゃない。手でやりなさいよね」

「はい」

生唾をゴクリと飲み込んだ巧は手の平にボディソープを出し、手の平で泡だてると、「失礼します」と肩の縁と、背中にその泡を広げていく。

「あぁっ……気持ちいいっ」

薫は鼻にかかった艶っぽい声を漏らした。

(どうしてそんないやらしい声をっ！)

物欲しげな声を漏らされてしまえば、股間がズキズキと痺れてしまう。

「手、止まってるわよ」

「えっと、背中はこれくらいでいいですよね。それじゃ流しますね」

「ちょっと。それで終わらせるつもり？　ちゃんと前の方もやってよ」

「えっ!?」

「何をびっくりしてるの。当然じゃない。さあ、お願いね。旦那さん」

いたずらっぽい声を漏らし、薫はニヤニヤする。

（薫さんがやれって言ったんだからねっ！）

巧はやけっぱちになって薫の両脇に腕を通し、上向いている乳丘をむんずと握りしめた。肌を傷つけぬよう慎重に表面を撫でるように磨いていると、その手の甲に薫が手を重ねてきた。

それだけでビクッとしてしまう。

「ちょっと。女の身体はあんたが思ってる以上に頑丈よ。何せ、あんたの子どもを産むんだから。だから、もっと強く触ってもいいわよ」

手を重ねたまま、乳房がたわむくらい力をかけるよう促された。

「あぁンっ」

言われるまま揉みしだくと、薫は身悶え、甘い声を漏らす。

手の中に収まりきれない、みずみずしい双丘がぷるぷると弾んだ。

指の間から悩ましい乳丘がはみ出すくらい絞り上げれば、出来立てのゼリーのように手の中で波打つのだ。

ぎゅっと握りしめれば、プリプリした肌に押し返される。その感触が心地よく、自然と揉む手に力がこもった。

（ただ柔らかいだけじゃなくって弾力感もあって……モチモチしてて……ずっと揉んでいたい！）

巧は存在感を増していく勃起乳首を優しく摘んだ。

「アァアン……ッ！」

広々とした浴室に、甘い啜り泣きが反響する。

薫は目元を紅潮させた。

「いいわよ。あんた、なかなか手際がいいじゃない。さすがは姉さんを満足させた旦那さんっ」

「そ、それを言わないで下さい……！」

「どうしてよ。私だってそれを期待してるんだからガッカリさせないでよ？」

薫は頬を染め、切れ長の瞳を潤ませながら、巧の両手を乳房から外させると、脇腹に押しつけさせた。そのままゆっくりと下ろしていけば――。

クチュッ。

「はぁっ……ぁあっ……！」

薫は声を戦慄かせる。そこは蜜毛の繁る秘処。

柔らかな陰毛の感触とは違う、かすかな凹凸と汗とは明らかに違う湿り気を指先に感じた。

薫は引き締まった太腿をピクピクさせながら、切なそうに声を喘がせる。

「薫さん、ここって……」

「そ、そこもちゃんとやってもらわないとねぇっ。あんっ……身体の隅々《すみずみ》まで洗うのが夫としての使命なんだからっ！」

薫は女王様然として居丈高《いたけだか》さがあるが、巧は嫌いではなかった。

言われた通り、割れ目を縁取るようになぞっていく。

「ンンンンッ！」

双乳をふるんふるんと上下に弾ませながら、薫が身悶えた。

さっきまで強気で、主導権を握り続けていた彼女の悶える艶姿に巧の鼓動は高鳴り、勃起した男根は雫を垂らしながらビクビクと戦慄いてしまう。

（……これくらいは大丈夫かな）

巧は、ヒクヒクと引き攣《ひつ》る牝口《めすぐち》へ右手の人差し指をそっと差し入れた。ボディソープのぬめりを借り、熱々に火照った膣内へ指がたちまち根元まで埋まっていく。

「あああッ……あんた、ンッ……そうよぉっ。そこはぁ、あんたのドロドロ精液を受け入れる大切な場所なんだからぁっ……し、しっかり綺麗にするのも務めよォッ!!」

声を上擦らせ、薫は小さく仰《の》け反《ぞ》った。

膣肉が戦慄きながらギューッと収斂し、指先が根元から食いちぎられんばかりに圧迫されてしまう。

薫が過敏に反応してくれるのが嬉しくって、狭隘の中を苦労しながら出し入れすることに熱中するうち、知らず股間の昂ぶりを彼女の背中に密着させてしまった。

「ひゃッ！」

薫にとって焼き鏝《ごて》を押しつけられるような燃え立つ肉柱の存在は不意打ちだったらしく、無防備な嬌声を漏らした。

しっとりと濡れたセミロングの髪からはみ出した耳が、真っ赤に火照っている。

「ああんっ……何よ、あんた……。そんなに股間を硬くしちゃってるなんてぇっ。はあっ……あんたのち×ぽ、ビクビク震えててすっごくいやらしいわよっ」

「ち、ち×ぽ!?」

「何よ。女がそんな下品な言葉を使っちゃ駄目とか、うるさいことを言うの？　姉さんだって使ってたでしょ？」

「いえ、冬美さんは……使ってませんでした」

「姉さんはカマトトぶってるのよ。まあいいけど……ンッ！」

巧は指の往復を繰り返しながら、敏感になっている陰茎を背中へグイグイと押しつけることに夢中になってしまう。

柔らかい粘膜が指を咥えこんでくれるし、指を抜こうとすれば名残惜しそうに柔襞が吸い付いてくれてなかなか離れない。指はたちまち蜜汁にまみれ、ふやけてしまう。

「うう……薫さんのここ、すっごくきつい……っ！」

「あん。人のせいにするわけ？　あれだけ人の胸をぎゅうぎゅう握りしめてたくせに」

「それも薫さんがやれって……」

「今だって、ち×ぽを押しつけて……随分、昂奮してるじゃない？」

泡まみれの美巨乳がぷるんぷるんと挑発的に弾んだ。その悩ましい揺れ具合に目を引きつけられ、反り返っている逸物がビクビクと戦慄いてしまう。

薫が不敵な笑みを浮かべる。

「ここが随分お気に入り、みたいね」

薫は自分のツンッと上向く乳肉を両腕で真ん中に寄せ集め、より強調した。

生唾を呑み込まずにはいられない。

「気持ち良くしてもらえたし……今度はあんたを気持ち良くしてあげる番ね。さあ、座って」

「は、はい……っ」

巧がバスチェアに座ると、薫は上半身を伸び上がらせたかと思えばみずみずしい弾力に満ちた双丘を胸元へ押しつけてきた。

張りと柔らかさが合わさった蜜乳が胸板で大きく形を変えながらむにゅぅぅと卑猥に潰れていく。

「ううう……薫さんっ！」

泡塗《あわまみ》れの乳房が胸板に押しつけられた状態のまま、小さな円を描くようにゆっくりと動かされる。吸い付く乳肌のすべやかさだけでなく、ツンと勃起した乳頭の硬度が胸板に甘やかに刺さってくる。

そして巧はその艶めかしい頂きが、ますます硬度を増していくのを実感する。

小石のようにカチコチになった乳頭がクネクネと執拗に擦りつけられるのだ。

薫は頬を染めた。

「あぁっ……ンンッ……ンゥウッ……見えてる？　あんたの身体に押しつけた私の胸がいやらしい形になっちゃってるわよね？　アアッ……あんたのせいでこんなになってるんだからね。責任取りなさいよぉっ」

薫が目元を紅潮させながら、だだをこねるように言ってくる。

しかし昂奮しているのは巧だけではない。薫もまた発情していた。ぎゅうぎゅうと思いっきり押しつけられている生白い乳肉ごしに、トクントクンと駈け足気味な鼓動が響いてくる。

「せ、責任って……どうすれば……？」

「私を満足させることに決まってるでしょ！」

薫はガチガチに強張《こわば》った屹立に指を絡めてきた。

「ああっ！」

肉棒に痺れが走り、腰をカクカクとくねらせてしまう。

薫は舌なめずりする。

「ビクビクしてて、イヤラシイくらい笠が張り出しちゃってる……。血管が浮き出て、いやらしいお汁でドロドロぉっ……本当に人は見かけによらないわね。こんなに逞しいモノを持っちゃって。姉さんが満足するわけだわ」

亀頭冠を乱暴に手の平で押しつけられながら圧迫されてしまえば、もっと強い刺激が欲しいと腰を弾ませずにはいられない。

「か、薫さんっ！　じ、焦らさないで下さいぃっ！」

「えー。何のことー？」

「うぅ……そんな小さな刺激じゃ……」

「もっとエッチなことして欲しいの？」

「はい！」

「素直な子は好きよ？　それじゃあ、もーっと悦ぶことをしてあげる」

薫は、戦慄く肉棒へ胸を寄せてくる。さっき胸に押しつけられていた見事な媚乳の深い谷間が男根へ迫ってきたかと思えば、たちまち挟まれてしまった。

「ううう！　か、薫さんッ！」

弾力に富んだ乳肉がぎゅうぎゅうと、肉棒を圧迫してくる。

我慢汁が溢れている上に、今の薫の乳球はソープまみれ。

これだけ揃っていれば潤滑油《じゅんかつゆ》には事欠かない。

薫は自分のバストに手を添えながら上下に弾ませ、圧迫したままの男根をぎゅうぎゅうと上下に扱き立ててくる。

「だ、駄目です！　刺激が強すぎますっ!!」

鰓肉を乱暴に擦られるだけで、びくんびくんとペニスが脈動して、子種の混ざったカウパー汁がますます搾られてしまう。

こぼれる体液を豊満な乳肉が巻き込み、ますます妖艶な乳圧を強めてくる。

激しい扱きにブッチュッ、ズッチャッと生々しく、悩ましい淫音が風呂場で弾けた。

(こいつのち×ぽ、めっちゃ熱い！)

自分の胸の谷間で火傷《やけど》しそうなくらい熱々の男根がビクビクと戦慄きながら、嬉し泣きの我慢汁を溢れさせていた。

胸で挟んだだけで、これまでの男と違うと確信した。

この生意気すぎる若棹は血気盛んに胸の間で暴れ、こちらが擦ってあげているはずなのに乳の内側をズリィズリィッと抉《えぐ》ってくるのだ。

そのたび背筋に甘い電流が流れ、鳥肌立ってしまう。

「あぁあっ……っ！」

いやらしい声が口を突いて出た。

巧は自分が気持ちよくなるのに夢中で、気付いていないだろうが、薫もまた身体の芯を滾《たぎ》るように火照らせ、平静ではいられなくなっていた。

小鼻を膨らませれば、鼻腔をくすぐるのは濃厚な牡の臭気。

脳みそまで蕩けてしまいそう。決して良い匂いではないが、それでも脳髄に電流が走るようで、もっと嗅ぎたいと思わずにはいられない。

（全く。とんでもないのが夫になったものだわっ）

口の中でジワッと自然とヨダレが溜まってしまう。

それを飲み下し、薫はビクビクと戦慄く剛直の切っ先へ唇を寄せる。

「ンチュッ！」

「ううううッ！」

巧は悶え、呻く。引き攣る鈴口からはさらに粘度の高い体液が滲《にじ》んだ。臭気もまた噎せ返るように色濃くなる。

薫は舌を這わせて亀頭冠を啄みながら、ゴッゴッしている陰茎を乳房で挟んで圧迫を強めた。谷間にある剛直の熱が染みこめば、全身が汗ばんで蒸れてしまう。

「あんた、本当にいやらしいわね。私が舌で刺激しただけでビクビクしちゃって。あんッ……それにこの臭いは一体どういうつもり？　臭くって堪《たま》らないじゃないッ！　私にこんなものを嗅がせるなんて許せないわ！」

怒りをぶつけているつもりでも、薫は自分の口元が悦に入って緩んでいることには気付かなかった。

「か、薫さんがしゃぶったんじゃないですかぁっ！」

「反論するなんて、潔くない男は嫌いよ」

サディスティックな笑みを浮かべた薫は、肉棒に吸い付く。

谷間から辛うじて顔を出していた亀頭冠を口内で包み込み、舌を這わせ、頬をへこませながらヂュウゥゥッと念入りに吸い付く。

「んふゅッ……ンゥ……ぐぐっ……ぢゅっぽぉっ……ンンゥッ……ンフゥ、ンフゥッ！　ぐぢゅっ……ヂュルルルッ！」

唇の周りを涎《よだれ》まみれにしながら食いつく。

牡汁をしゃぶり飲めば、鼓動が高鳴ってしまう。

身体がますます熱く滾り、胸が内側から張り詰めてくる。

その痼《しこ》りをどうにか発散させようと、ますます陰茎への圧迫を強めた。悪循環なのか、好循環か。悩ましさに溺れて、さらに昂奮のボルテージが急上昇する。

「あっ……んッ……んんッ……ゴツゴツしたあんたのち×ぽが、私の胸を擦ってきてぇッ……イイ気になるんじゃないわよォッ！」

明らかに性の経験が少ない相手に翻弄されつつあることが気に入らない。

それでも男根の逞しさに腰が抜けそうになる。

（ああンッ、もう！　私を手玉に取ろうなんて百万年早いのよぉっ！）

喉《のど》を鳴らしながら舌を絡め肉塊をあやしてやれば、口の端から泡立った体液が滲んでくる。

「か、薫さんっ！」

巧は甲高く上擦った声を上げる。

その声で限界が近いのだと分かった。頬張っている逸物もまたビクンビクンッと悩ましく引き攣り、体液も濃厚になっていく。寸止めでもして、あくまで自分が主導権を握っているのだとたっぷりと教えこもうと思った矢先。

薫の頭に巧の手が添えられたかと思えば、腰を押しつけられてしまう。

「んぐぐっ!?」

それまでされるがままだった巧の見せた強引さ。

薫がまともに反応するよりも先に、パンパンに膨張した亀頭冠がズンッと容赦なく喉奥を突いてきたのだ。

（ちょ、ちょっと、何を勝手に動いてるのよぉっ！）

しかし、えずくより先に甘い愉悦の波が頭に広がってしまう。

ズンズンと乱暴にディープスロートを強いられ続け、薫は不覚にも股をきつく閉じあわせて恍惚《こうこつ》としてしまう。

（や、ヤバッ……なにこれ、頭の中までグチャグチャにされるぅっ……!?）

口をこじ開け、ゴツゴツしている男根が抽送を繰り返し、ヨダレをかき混ぜながら口内を欲望の赴くままに蹂躙《じゅうりん》されてしまう。

刺激されていないはずの秘処までジンジンと甘く痺れてくる。

(う、嘘ぉっ。頭がフワフワして……のぼせちゃうみたいィッ!)

口を肉塊で埋められてしまえば、呼吸をするには鼻呼吸しかない。しかしいざしてみれば、口を一杯に満たした陰茎のホルモン臭がダイレクトに流れ込んでくる。

「んぅっ……んぐぐっ……ぅうううンッ!」

頭の中が濃密な牡フェロモンに当てられ、桃色の靄に包み込まれる。

ますます子宮が疼き、さっき指で弄られるだけ弄られ中途半端なところで終わっていた媚肉が愛蜜をジュンッと溢れさせる。

早くそこも口腔同様、激しい抽送を浴びたいと激しくねだっているかのよう。

こんな気分になるのは、初めてだ。いつだって主導権を握り、男を尻に敷いてきた薫にとっては初めての経験で、その分、懊悩に翻弄されてしまう。

不愉快だし、やめさせたいはずなのに、唇の輪っかが締まり、逸物が抜けないようにきつく咥えこんでしまう。

しかしそんな狂おしさは唐突に終わりを迎える。

「で、出るッ！」

ペースなど考えない乱暴なイマラチオの果てに、巧は果てたのだ。

しかしその間もノドを押し込みながら、根元までグッと呑み込ませた口腔性交が行われたせいで、胃の腑めがけ直接的に白濁汁を注ぎ込まれてしまう。

「ンンンンンンッ……!!」

脳内でバチバチッと極彩色の火花が爆ぜれば、薫は眉を顰め、小鼻を膨らませながら小さく昇り詰めてしまう。

（イクッ！　乱暴に口をかき混ぜられながらイっちゃうぅぅぅッ！）

ビュルッ！　ビュルルウゥッ！　夥《おびただ》しい白濁汁が口内を灼《や》きながら、胃の腑めがけ流れ込んでくる。

目をぎゅっと閉じ、必死に喉を鳴らしながら嚥下《えんげ》する。それでも飲みきれない分は、肉棒が外されると同時に噎せ返りながら吐き出してしまう。

ゴホゴホッと激しく咳き込む薫に、今さら巧が慌てたみたいに寄り添ってくる。

「薫さん！　ご、ごめんなさい！　気持ち良くなり過ぎちゃって……あ、あんなに乱暴なことをするつもりはなかったんです。でも腰が止まらなく……うわっ!?」

薫に押しのけられた巧は、軽く尻もちをついた。

立ち上がった薫は唇についた樹液をこれみよがしに舐めとると、腕を組んだ。

「初夜だっていうのに私に奉仕させようなんて、いい度胸ね」

薫は、巧の股の間でまだまだ頑健にそそり勃つ逸物を一瞥《いちべつ》する。

あれだけ射精《だ》したはずなのに、少しもそんなことを感じさせない怒張の存在感に、秘芯がますますひりついた。

もう一秒だって犯される側ではいられない。

「次は私の番だから、ね」


美菜穂とのエッチとは全く別物だった。冬美には入念な前戯の手ほどきを受け、そして薫には唇であんなに執拗に吸い立ててもらった。

美菜穂とは彼氏彼女で、薫たちとは夫婦――その違いは関係ない、はず……。

そして巧が少し押されたくらいで尻もちをついてしまったのは、激しい射精の直後で下半身に全然力が入らなかったせい……のはずだ。

その薫に見下ろされる。彼女は首筋までネットリと紅潮させ、口元をかすかに開き、欲情に潤んだ眼差しを注いできた。

泡まみれの肉棒が物欲しげにビクビクと反応してしまう。

「ねえ。あんた、姉さんにもあんな乱暴にしてたわけ？」

「してません！　あれは、薫さんの口があんまりにも気持ち良くって……。だって薫さん、僕のあそこにすごく美味《おい》しそうに吸い付いてきてくれたからっ！」

「ふうん。私のせいにするつもりなのね。そっちがそのつもりなら、今度は私に従ってもらうわよ？」

そう薫から艶めかしい流し目を送られると、ペニスがはしたなく反応してしまう。

薫は昂ぶる陰茎に指先を絡めるや、秘唇を肉の切っ先に重ねる。

クチィッ……と粘り着くような音をたてながら、熱々の牝肉に男根が優しい口づけを重ねる。

発情している蜜孔から火照りが伝わり、巧は奥歯を強く噛みしめた。

そうしなければ、暴発してしまいそうだった。

「ああンッ……」

薫は涙ぐみながら、上半身をビクビクと戦慄かせる。そのたびに泡まみれの麗乳がたぷんたぷんと蠱惑げに弾んだ。

「何よ、巧。あんた、まだ入れてもいないのに、すっごく辛そうな顔をしてるじゃない。別に我慢しなくたっていいのよ？」

主導権を取り戻したことを悦ぶように、薫は挑発してくる。しかし彼女もまた辛いのは同様だろう。そうでなければ乳首があんなにもいやらしく尖らないだろうし、秘処が失禁でもしたみたいにビショビショに濡れそぼつはずがない。

「ほうら……呑み込んでいくわよーっ」

妖艶な微笑を口元に浮かべつつ、下半身をゆっくりと下ろす。

柔軟な秘孔がくつろげられ、はちきれんばかりの亀頭冠がズゥッ……ズズッ……とゆっくりと埋没していく。とろとろに蕩けた無数の粘膜襞が敏感な陰茎に吸い付き、きつく締め上げられてしまう。

「か、薫さんっ!!」

グチュグチュッと愛蜜が泡立ちながら、ペニスが媚粘膜に呑み込まれていく。

「アァッ……あ、あんたのがビクビク震えながら、私のおま×こをすっごく広げて、ふ、深くまで来ちゃうッ！」

陰茎がズンッと子宮口にぶつかり、押し上げた。

「ンンンッ！」

根元まで呑み込んだ蜜肉の入り口がギューッと収斂して、嬉々として肉棒をしゃぶり回されてしまう。

「薫さんの熱々おま×こが、僕のを締め付けて……ウウッ……根元まで食いちぎられそうですっ！」

肉壺は繰り返し繰り返し男根を妖しい蠕動《ぜんどう》で巻き込みながら、子種に執着する。

亀頭冠で感じるのは、柔らかな肉底の感触。

薫が呼気を引き攣らせれば、重たげな蜜乳がふるふると落ち着き無く揺れたわんでしまう。

「あんたのが全部、入っちゃったわよ？」

薫はサディスティックな笑みを浮かべる。男根を支配できて上機嫌らしかった。

そして右手で、ぽっこりと少し膨らんだ下腹を満足げに撫でた。

「ここまで来てるのよ。あんたのナマち×ぽが……。こうして、男のち×ぽをナマで受け入れてあげるのは初めてなんだから光栄に思いなさい」

「は、はぃっ！」

「ほうら。あんたのち×ぽが私の中でビクビク震えちゃって、今にも子種が溢れちゃいそうなんじゃないの？」

薫は腹筋に力を込めて、膣圧を強めてくる。

「か、薫さん……そんなに締め付けないで！　ほ、本当に出ちゃいますっ！」

「だから、出しなさいって言ってるのよ。それが分からないっ？」

幾ら天にも昇るような愉悦でも、巧は夫としての意地で必死に我慢する。

これは冬美の時と同じだが、さすがにすぐには射精したくなかった。ちゃんと薫にも感じて貰いたかった。

そうは言っても今の状況では、薫を気持ち良くしてあげられるほどの余裕はさすがにないけれど……。

「へえ。随分と粘るじゃない。それも男の子の意地って奴？　でもその強がりがいつまで続くか見物、ね。──ほらっ。こうしてあげたらどうっ!?」

薫はM字に開いて足を踏ん張らせると、腰を持ち上げた。

締め付けていた媚壁全体が持ち上がり、無数の襞が一斉に敏感な亀頭冠を擦るように殺到した。

お漏らし寸前の焦燥感《しょうそうかん》が燃え上がり、巧は腰を戦慄かせる。

「ンンンッ……た、巧ィッ……あんたのち×ぽが私のあそこを抉りながら、切なそうに戦慄いちゃってるわよ。何よ、胸で弄った時よりもずっと大きく膨れちゃって。やる気満々ねっ！」

そうして今にも抜けそうな所まで腰を持ち上げた。

「ああっ、ぬ、抜けちゃいますっ!?」

「泣きそうな声を出さなくっても大丈夫。ちゃんと呑み込んであげるからっ」

そうしてギリギリ抜けるか抜けないかのところまで来るや、腰を落としてきた。

さっきのようにジワジワと咥え込むのではなく、一息に根元までむしゃぶりつかれてしまう。

「ひぃぃぃん！」

しかし一気に飲み込んだことで子宮口を力強く突かれることになり、薫にとっても辛いようで派手に身悶えた。

だが休む間もなく再び腰を持ち上げられてしまえば、肉棒が露わになる。その肉幹はとろとろの蜜汁でふやけんばかりに、ヌルヌルと淫靡に照り輝いていた。

余りにもふしだらな洗体である。

「ほら、見なさい。あんたのち×ぽが私のおま×こからこぼれちゃってるでしょう。んッ……あんまりにも太すぎて、私のおま×このヒダヒダが、こんなにもはみだしちゃって……ぅぅぅうううンッ！」

薫はセミロングの毛先を乱し、身動《みじろ》ぐ。

熱い蜜に揉まれ、探られ、絞り上げられ、本気汁の混じったラブジュースをマーキングするみたいに絡みつけられてしまう。

巧は腰を大きく弾ませ、切っ先で最奥を抉る。

「ヒィインッ!?」

薫がビクンッと身体を跳ねさせる。

巧は薫の綺麗な曲線を描いてくびれるウェストを摑み、立て続けのグラインドを行おうとするが、太腿でぎゅっと腰を締め上げられて、動きを制せられてしまった。

「か、薫さんッ!?」

「誰が動いていいって言ったの。私があんたを気持ち良くするの。逆はない。分かったら、私のおま×こを感じるのよ！」

言うや、さっきよりも腰のうねりをさらに大胆にすれば、快感電流が直接的にペニスに迸ってしまう。

結合部からは、グヂュッ……ヌヂュッ……ヂュッボォッと糸引く淫らな音が奏でられ、絡み合った体液が下半身をみるみる汚していく。

風呂場にいるのに、女性の大切な場所を汚してしまうことに対する背徳的な法悦感。熱心に扱き立てられたペニスはビクビクと戦慄き、もう限界だった。

「か、薫さん！　僕……！」

「出すのね。本当に呆気ないんだから。ホラッ。さっさとあんたのビクビクち×ぽからドロドロの子種を発射しなさい。それを子宮で受け止めて、妊娠してあげるんだから。ほらッ！　ほらァッ！」

薫は嬌声を弾ませながら、柳腰を動かして淫らなダンスを紡ぐ。

「出るッ！」

排泄《はいせつ》欲求が限界まで達すると同時に、彼女の秘処めがけて子種を撒き散らす。

びゅぅーッ！　どぴゅぅっ！　どっぷっ！　どっくんどっくぅんっ！

「ひあああああああ！　あ、熱いの……ぁあああッ、き、来てるぅっ！　さっきも出したはずなのにぃ、あああんっ！　全然、量も濃さも変わらないじゃないィィッ!!」

ペニスが戦慄きながら、間断なく子種汁を撒き散らし続ける。

そのたびに淫口が窄《すぼ》まりうねり、尿道に残った一滴《てき》まで余さずしゃぶりとろうとするように淫らな伸縮を繰り返す。

射精直後の敏感なペニスに、それはあまりにも刺激が強すぎた。

入りきらなかった分の子種がドプドプッ……と溢れてしまう。

頬を紅潮させた薫は形の良い眉を顰《ひそ》め、悩ましげな溜息をついた。

「あああ……私のおま×こぉ……あんたのドロドロで一杯ィッ……あ、熱すぎて、火傷しちゃうぅぅぅぅ」

薫はモデル顔負けの八頭身のプロポーションを汗で艶めかしく輝かせている。風呂場の熱気ともあいまって、とても綺麗に紅潮していた。

しかし薫の秘処を貫く肉杭は終わることを拒絶するみたいに硬いまま。

それどころか、こうして射精直後も蜜ヒダから入念な刺激を受けたことで、ますます昂奮が上昇曲線を描いて収まらない。

「か、薫さんッ。僕、まだ!」

「あんっ、何を言ってるのっ？　もう十分出したでしょっ!?」

薫は肩で息をする。明らかに、彼女にはさっきまであったはずの余裕が無かった。

「わ、分かりました。僕が動きます！　薫さんを気持ち良くしますっ！」

「ちょっと！　そんなこと許可した覚えは……ぁあああんっ！」

腰を突き上げれば、薫は涙目になりながら悶絶する。

彼女が躊躇っても、怒張を受け入れている媚肉は収斂を繰り返しながらギュウギュウと締め付けを強めてくるのだ。

射精直後で敏感なままの怒張だったが、蕩ける蜜孔に優しく包まれながら促されれば腰を動かさずにはいられず、立て続けに抽送を紡ぐ。

逸物に鋭く最奥を突き上げられて、脳天を極彩色の火花が貫いた。

「ひぁっ！　あぁっ！　はあああああンッ!!」

薫は不意打ちを浴びて、ビクビクと悶えてしまう。

(急にやるなんてぇっ……ちょっとイっちゃったじゃないぃっ！)

不満を抱えても、ジーンと脊椎を貫くような甘い痺れは誤魔化せない。

薫は全身を反応させ、逆ハート型の双臀をフリフリと揺らめかしてしまう。

繋がった部分は溢れ出た子種汁でベトベトで、ひどい有り様。

その間も執拗な抽送で胎内をかき混ぜられてしまえば、総毛立った全身が汗でヌメ光ってしまう。

「ちょ、ちょっと！　ぁあああンッ……だ、誰がぁ、そんなに激しく動いていいって言ったのォッ……ヒィイイインッ！」

荒々しい抜き差しで子種汁がかき出されると、嗚咽《おえつ》をこぼさないわけにはいかない。

張り出した笠肉で爛熟《らんじゅく》した蜜肉を掻《か》き毟《むし》られて、目蓋の裏で甘い火花が何度も閃く。

戦慄く蜜孔はますます収斂しつつ、逸物を締め付けてしまう。

薫は先程の余裕など吹き飛んで、悩乱した。

「ちょ、ちょっとぉっ！　あ、あんたぁっ……そんなに動かれちゃったらぁ、子どもの素《もと》がかき出されちゃうじゃないィッ！　アアアッ……に、妊娠出来なくなっちゃう！」

「安心して下さい！　妊娠出来るまで薫さんのおま×こに何度でも注ぎますからっ！」

「アアアッ……その言い方も生意気なのよぉっ!!」

下からの激しい突き上げに、乳房が激しく上下に弾んだ。

そして双《ふた》つの乳球がぶつかりあうたび、ビチィンビチィンッと乾いた音を弾けさせてしまう。悩ましい抽送にさらされ続けている膣粘膜がジリジリと焦燥感に駆られるように痺れた。

「あ、あんた……元カノにもこんなことしてたのぉっ！」

「し、してませんッ！」

「ならどうして、私にはこんなに激しいことをぉっ!?」

「薫さんがいやらしすぎるからですっ！　僕の精液を受け止めながら、まだ薫さんのおま×こは僕のを欲しがるからぁっ！」

巧は上体を持ち上げたかと思えば、落ち着きを失って弾み続けている蜜乳に顔を埋め、右の乳頭を甘噛みしてくる。

「あああ！　ちょっ……かっ、噛みながら吸うんじゃないわよぉぉ！　ひぃぃッ……いやあっ！　おま×こぉ、かき混ぜるのラメエエエッ！」

過敏になっている乳頭や秘処を乱暴に感じさせられてしまえば、薫は全身の神経が蕩けたみたいに感じっぱなしになってしまう。

度重なる絶頂にひくつく媚粘膜が収斂を繰り返し、ペニスをガッチリと咥えこんで、離さない。

「あああああッ……あんたのち×ぽが、私の奥ぅっ……し、子宮をズンズン突いてるっ！　ンンッ……ち×ぽの形が子宮の入り口に刻まれちゃうッ！　いやらしい形にさせられちゃうぅ！」

「薫さんのおま×こを、僕のち×ぽの形に変えます！　もっと妊娠しやすい身体に、変えさせて下さいィッ！」

丁寧な口調ながら、実は牡の独占欲に満ちた言葉の数々に、薫は高揚してしまう。

(あン、そんな言葉、一度も言われたことなイイイイッ!!)

少しでも刺激を避けようと腰を逃がしたいと思っても、巧が抱きついているから、逃げようとすれば、さらに強い抱擁力で密着感を強められてしまう。

胸が巧の顔で潰され、乳首を今にもちぎられそうなくらい吸い付かれ、甘噛みされてしまう。片一方だけでなく、両方の乳頭を均等に刺激してくる。

その丁寧さが、薫をより追い込むのだ。

薫は度重なる絶頂で思考力が飽和して、頭の中が真っ白に塗り潰されてしまう。

「ひッ……ぁあぁッ……ば、馬鹿ァッ……あんた、本当にぃっ……ど、どうしようもない馬鹿なんだからァァッ！」

「薫さん、僕、出そうですッ！」

「出しなさいよぉっ！　わ、私、もうぅぅ……駄目ェッ！　私を一人でイかせるなんてぇっ、しょ、承知しないからねッ！　あんたも同じタイミングでイきなさいよ！」

翻弄されながらも、ただやられるだけではプライドが許さない。

薫は口元を緩め、寄り目がちになりながら、夫への叱咤を繰り返す。

「は、早くッ！　早くゥッ!!」

子宮を押し上げ続けるペニスがビクビクッと戦慄く。もう何度も体験した絶頂直前の戦慄き。

「で、出るッ！」

顔を胸に埋めたまま、巧は本気で乳頭を嚙みしめてくる。本来なら激痛だろうが、今の薫にとっては被虐の悦びをもたらすカンフル剤だ。同時に胎内めがけ、勢い良く樹液が噴き出す。

「ひぃぃぃぃぃぃぃぃぃッ！　くるぅッ……あんたの二度目の精液がビュビュゥッっていやらしい音をたてながら、あたしのおま×こを溺れさせるのぉぉぉッ！　ららめぇ、らめぇぇっ！　経験の浅いち×ぽにおかしくされひゃうぅぅぅぅぅ……!!」

自分では後半何を言っているのか、もう判然としないまま神経がスパークし、薫は目も眩《くら》まんばかりの快美感に打たれて極《きわ》まってしまう。

(こ、こんなの凄すぎるゥッ……犯すつもりが犯し返されちゃうゥッ……)

射精が終わった後でも、巧は薫をきつくきつく抱きしめ続けた。

薫は脱力し、巧に甘えるように身をもたれかけさせる。

「ほ、本当に馬鹿なんらかららぁっ……。私をこんなにするなんてぇ……」

言葉は、呂律《ろれつ》が回っていない。

「薫さん、すっごく気持ち良かったですっ」

「あんたの彼女、マジ見る目なさ過ぎ。別れて正解よ。お、お世辞抜きだから……っ」

「……あ、ありがとうございます」

巧は頬が緩みっぱなしだった。

薫とのエッチが終わり、互いに部屋に戻る――と、その途中で、真由とばったり鉢合わせてしまった。

彼女は白いパジャマ姿で、普段は後ろでまとめているセミロングの髪を下ろしていて、その姿はいつもと違って新鮮で、着物姿の時よりも幼げだ。

しかし真由は露骨に嫌そうな顔をして、無視して脇を通り抜けようとする。

「真由ちゃん！」

声をかけると、嫌々振り返られてしまう。

「……何っ？」

その顔にはさっさと用件を言ってと急き立てるような感情が見て取れた。

「え、えっと……髪、下ろしてるんだね。か、可愛いね？」

ようやく言ったのが、下手なナンパ師のような言葉だった。

「キモいこと言わないでくれる？　どうせ、お姉ちゃんか薫姉《かおるねえ》とエッチした後なんでしょ。それ、マジでキモいからっ！」

「…………」

何も言えず、真由を見送ることしか出来なかった。

第三章　よがりほぐれた三女

夕食時。何の脈絡もなく唐突に、冬美が告げた。

「――真由ちゃん。もう旦那様と初夜は迎えたの？」

「っ!?　!?」

巧は咳《せ》き込んでしまう。

一方、姉から言われた真由は唖然《あぜん》とし、箸《はし》を落とした。

そんな様子を、薫はニヤニヤしながら見守っている。

真由は頬を真っ赤にする。

「な……何言ってるの!?」

真由は慌てるが、冬美はあくまで真面目だ。

「それは私のセリフですよ。旦那様との子どもを産むのが我が家のしきたりなんですからね。それを理解してくれたからこそ、真由も休学して戻って来てくれたのでしょう？」

「……だ、だって、それは……こんなちんちくりんだって思わなかったし……」

（ち、ちんちくりん……）

それを否定出来ないのも悲しい。

「こんな奴とエッチなんて絶対に嫌だし、子どもを産むのなんて、ぜーったいにお断りっ！　お姉ちゃんたちがやればいいじゃん。私は嫌！」

冬美は薫に話を振る。

「薫ちゃんからも何か言ってあげて」

「真由。いい加減に観念しなさいよ。エッチなんてそう身構えるもんじゃないし、それに……巧、エッチ上手《うま》いわよ？」

「し、信じらんないっ！　本当に薫姉はデリカシーがないんだから！」

真由は立ち上がると、セミロングを束ねた尻尾をブンブンと振りながら、席を立ってしまう。ぴしゃんと障子が乱暴に閉められた。巧が何かを言う隙もない。

「あーあー。怒っちゃったー」

薫は他人事のように嘯《うそぶ》きつつ食事を取ろうとするが、冬美に手の甲をピシャンと叩かれてしまう。

「痛ぁっ！　ね、姉さん、何するのよぉっ！」

「何じゃありません。説得するどころか怒らせるなんて、ガッカリです。今日の夕飯は抜きですよ」

「え、ちょ、ちょっと！　それはないでしょぉ！」

「だったらどうして、もっとまともなことを言ってあげないんですか」

「嫌なものを強制したってしょうがないじゃない」

「我が家の代々のしきたりです。あの子もそれを理解してくれるはずです。――旦那様、本当に申し訳ありません。あの子には私から改めてきつく言い聞かせますから」

「は、はあ……」

　薫は溜息を吐《つ》く。

「姉さん、それ、失礼すぎない？」

「何が失礼なの？　聞き分けのない妹を持ってしまって、ただただ申し訳ないんですから」

「そうじゃなくって、真由は巧とエッチしたくないって言ってるのよ？　つまり、魅力も何もないってうちの旦那さんは言われちゃったワケ。それを私たちが無理矢理真由をエッチするよう仕向けたんじゃ、男としての立つ瀬がないじゃない。巧のプライドをズタズタにするつもり？」

冬美ははっとすると、畳に額を擦りつけんばかりに頭を下げた。

「至らぬ妻をお許し下さいませ！」

「顔を上げてください。冬美さん、僕は皆さんにとって何ですか？」

「もちろん大切な旦那様でございますわ！」

「ですよね。でしたら、僕に真由ちゃんのことは任せて下さい。きっと真由ちゃんに好かれる男になって見せますからっ！」

冬美は微笑んだ。

「心強い御言葉ですね。分かりました。旦那様に全てお任せ致します。ですが、それでももしうまくいかなかったら、私たちがどうにかしますので……」

巧は分かりましたと頷いた。


(――ああは言ったものの、どうしよう。あそこまでこっちを嫌ってる子とエッチなんて出来るのか……？)

夕食後、巧は自室でひとり頭をかかえていた。

そんなことが出来るんだったら、そもそも寝取られてなんて……そう思いかけて頭を振る。

(馬鹿野郎。いい加減にしろ。マイナスなことばっかり考えてる暇なんかあるかっ！)

そう自分を叱咤するが、かといって名案があるわけでもない。

その時、廊下から声をかけられる。

「ちょっと」

「あ、薫さん。何ですか？」

「真由のことだけどさ」

「自分で考えますから、いいです」

「そう言わないでさー。あの子の姉としての真面目な意見」

「それはさっき言って欲しかったですけどね」

「嫌味なんて似合わないよ。……まあそれよりあの子のことだけど、あれはあんたが嫌いってより男馴れしてないってだけだから。中学校から女子大の付属校だし」

「でも、もしかして好きな人がいたか、高校、大学で付き合ってた人がいたとか……」

「ギャルっぽいから？」

「そんな偏見は持ってません。たとえ女子大だってコンパくらいするでしょうし」

「あの子、子どもの頃から短冊になんてお願いしてたと思う？　――王子様と結婚できますように。これ、実は高校くらいまでずーっと続いてたのよ。まあ本人は短冊なんて飾らないってシラを切ってたけど。偶然あの子の机に置いてあったのを、見つけちゃったことがあってさ」

「その隙につけ込めってことですか？」

「まさか。まあとにかく、一緒にいる時間をコツコツ増やして、優しくしてゆっくり関係を深めるしかないってこと。優しくされて嬉しくない女はいないし」

「……はあ」

「まあ頑張って。あ、それからちゃんと子種は残しときなさいよね。私も妻なんだからーっ」

薫の参考になるのかならないのか分からないアドバイスのせいで、余計悩みが深まってしまった。


翌日の昼間。

「あー……暇だ……」

今日も今日とて手持ちぶさたな巧は、自室でゴロゴロと寝返りを打つ。

このままでは今日もいつの間にか寝て、夕食時に起こされ、そうして一日を無為に過ごす羽目になってしまう。

お腹をつまむと、働いていた頃よりもつまめる肉が多い気がした。

毎日の健康的な食事のお陰と言うべきか、食べてすぐ横になった弊害と言うべきか。

（散歩でもするかぁ）

そうして外に出ようと階段を下りると、玄関に誰かが座り込んでいた。

足音に振り返った相手は、淡紅色に青く染め抜かれた川をすべる花びらの図案を描いた着物を纏った、真由だった。

「……真由ちゃん。えっと……トイレに行くだけだから……」

突然のことに、パニックになって嘘をついてしまう。

「待って。ねえ、今、時間ある？」

「時間？　あるけど、どうして？」

「お姉ちゃんが、あんたに村の案内をしなさいって。そうするまで仕事をさせないとかマジあり得ないんだけどっ」

「……ごめんね？」

「本当よ。ホラ、さっさとトイレに行ってきなさいよっ」

「あ、うん！」

「手はちゃんと洗ってよ！」

雪の降りしきる中、巧たちは外に出た。

巧はブルゾンにジーンズ。真由は着物姿で傘を差している。少し寒そうだったから上着を取ってきたらと言っても、「私はこれで十分だから」とつんけんして、取りつく島がない。

吐く息は真っ白に凝《こご》り、鉛色の空へ吸いこまれていく。

民家も田んぼも、遠くに見える山々も白銀に染まっている。幻想的な風景だ。

「すごいなぁ。ぜーんぶ真っ白だ！」

「雪なんだから当然でしょ」

つれない態度だけれど、今の巧からしたら反応してくれるだけでもありがたい。

「いっつもこういう景色を見てると馴れちゃうんだろうけど、僕は街暮らししかしたことないからすっごく新鮮だよ。雪なんて滅多に降らないし……」

「私はうんざりよ。……ねえ、そうやって無理に話さなくてもいいから」

「無理じゃないよ。……真由ちゃんと話したいから。だってこうしてちゃんと話すのは初めてだし」

「話したことないんじゃなくって、話したくないから話さなかったの――きゃっ!?」

真由が足を滑らせてバランスを崩すのを、慌てて抱き留めた。

「大丈夫っ!?」

「ちょ、ちょっと！　離してよっ」

「あ、暴れたら危ないって……」

距離を取る。真由は「全く！」と不満顔だったが、また歩き出そうとして滑ってしまう。そこを手を握って支えた。

「ちょっと。どさくさに紛《まぎ》れて……」

「どさくさじゃないよ。それに手は離さないから」

「はあっ!?　何わけの分かんないこと言ってるの!?」

「真由ちゃんにもしものことがあったら、冬美さんたちに何て言ったらいいか……っ。僕は夫として真由ちゃんを守る責任があるんだよっ」

「大袈裟過ぎっ。お、夫なんて言わないで。キモいからっ！」

「でも、しきたりは破れないでしょ？」

真由は露骨に嫌そうな顔をしたが、反論は来なかった。

「それに、こうして二人で出かけるのは今回で最後でいいから。冬美さんには僕がうまく言っとくし。これが最後だと思えば我慢は出来るでしょ？」

少し間を空けて、それでも渋々という風に真由は頷いてくれる。

「……分かった。本当に最後だからね」

「ありがとう」

笑いかけると、真由を少し頬を染めてそっぽを向いてしまう。

「ほら、さっさと行くわよ」

つないでいる彼女の手は、しっとりと汗ばんでいる。

巧が試しに手をつなぐ力を強くすると、真由の肩がピクッと小さく跳ねたが文句は来なかった。しばらく歩くと、向こう側から背中を曲げたおばあさんがやってくる。

真由を見つけるなり、深々と頭を下げた。

「おばあちゃん、こんにちは」

「真由ちゃん、こんにちはぁ。そちらの方は……？」

「——真由の夫の巧です」

真由が何かを言う前に、巧は言った。

真由は眉を顰めたが、おばあさんの手前、何も言わなかった。

「あぁ……安達家の旦那様でしたか。これはこれは……」

なんと彼女はこちらに手を合わせてきて、巧はすっかり恐縮してしまった。

そうしておばあさんと別れる。

「ねえ、あのおばあさん、拝んでたけど。あれって……」

「安達家の旅館がこの村を支えてるの。雇用とか、地元の食材を使ったりね。だから村の人たちはうちにすっごく感謝してるの」

「そうなんだ。大切な仕事なんだね」

「……まあね」

最初は露骨に嫌がられてしまったけれど、こうして会話を交わすことで少しずつ二人の間にあった隔《へだ》たりが、多少はマシになっているような気がした。

「……ねえ、一つ聞いてもいい？」

「そんなこといちいち聞かなくてもいいから。答えたくなかったら無視するし」

(それはそれできついなぁ)

「えーっと……大学の時、恋人っていた？」

「はっ？」

「女子大でも他大学の人と会ったりはするでしょ？　そこで恋人とか好きな人が出来たかも知れないのに、こういうことになったら、嫌だよね……。僕だって真由ちゃんの立場だったら嫌だし」

「別に恋人なんていないわよ」

「そっか。僕はいたよ」

「聞いてないし」

「……まあ、浮気されて別れちゃったんだけどね」

「は？　マジ？」

初めて真由が巧に興味を持ってくれたようだった。

「マジ。それでやけっぱちになってここに来たわけ」

「やっぱりね。そうじゃなきゃこんなド田舎に来るわけないもん」

「あははは。でも来て良かったと思ってる。真由ちゃんとも会えたし」

「あっちで、そんな安い文句でナンパしてたわけ？」

「……いやあ、それは……。あははは……」

「もう戻るわよ。どこまで進んでも真っ白なのは変わらな……へくちっ！」

真由がくしゃみをした。

巧はブルゾンを脱ぎ、真由の肩にかけてあげる。

「ちょ、ちょっといらないって……」

「そうはいかないよ。だって真由ちゃんは旅館の若女将なんだから。風邪でも引いちゃったら一大事だし。僕はどうせ部屋でゴロゴロするくらいしかやることないからさ」

「……後で私のせいで風邪を引いたとか言わないでよ」

「言わないよ」巧は苦笑する。

少し大きめのブルゾンの前を、真由はかき合わせた。


日付が変わる頃、巧は本館の風呂に入っていた。この時間なら誰も利用しないから、大きな湯船を独占できる。

(今日も一日終わるけど……まあ、今日は充実してたよな。真由ちゃんともだいぶ長く話せたし)

旅館に帰った後は巧が冬美にとりなして、どうにか真由は仕事に復帰させてもらえた。あれからまた真由との会話は——夕飯の時も——無かったけれど。

(まあ、ゆっくりやっていけばいいよね。焦《あせ》ってもいいことないし)

何度入っても変わらない温泉の気持ち良さに、ほうっと気の抜けた呼気がこぼれる。

その時、ガラガラッと引き戸が開けられた音に、はっとして振り返った。

表の扉には利用できないという札をつけておいたが、鍵を閉めていたわけではない。

湯煙の中にぼんやりと人影が滲む。

そしてその人影の正体が明らかになる。

「ま、真由ちゃん!?」

「ちょっと！　いきなり大きな声を上げないでよ。びっくりするじゃんっ！」

「いや、だって」

「……べ、別に問題ないでしょ。この間は薫姉と入ってたくせに！」

「知ってたの!?」

「薫姉が聞きたくもないのに話してきたのっ」

（薫さんっ！）

「で、……入ってもいいわけ？」

「え、あ……」

「もう入るからっ」

巧が戸惑っているうちに、タオルを巻いたままちゃぽんと湯船に足を入れて浸かった。

「これは、つまり……どういうこと？」

「……あ、安達家のしきたりを守りに来たからっ」

「う、うん……。王子様には及ばないかも知れないけど、できるかぎり頑張るよ」

強《こわ》ばった真由の顔を見て、しまったと気付いた。

真由は耳まで紅くした。それは決してお湯の熱さのせいだけではない。

「はあっ!?　な、何それっ！　王子様って何っ!?」

「いや、あの……っ」

「誰から聞いたの!?　薫姉っ!?」

「……う、うん」

「絶対に許さないっ！　まあでも今は、安達家の人間としての務めを先にするけどっ。……気持ち良くしなかったらどうなってるか、分かってるわよね。もう二度としないからっ！」

「も、もちろんだよ！」

「……そ、それじゃあ……何？　どうしたらいいわけ？」

真由はその威勢の良さとは裏腹に、右手でタオルの裾をぎゅっと握りしめ、視線を彷徨《さまよ》わせてモジモジする。

巧がその右手の甲に、自分の右手を重ねた。

「っ！」

真由はびくっと反応して、巧を見つめる。アーモンド大の瞳がかすかに潤んでいた。

視線を絡めあったまま、唇を重ねる。

「ん……っ」真由は鼻にかかった吐息をこぼし、身動ぐ。

最初は唇をスリスリと擦り合わせるだけだったが舌を這わせれば、ピクンッと身体を反応させた。

「んぁっ……んんッ！」

戦慄く紅唇があわく開けば、舌をヌルッとすべりこませた。

縮こまった舌を甘噛みする。そしてチュッと吸い立てれば、真由の息遣いは荒くなった。熱い息遣い。かすかに歯磨き粉のミントの味がした。

舌を重ね、ちゅうちゅっと吸い、真由の口内を優しく犯す。

「はぁあっ……んぐっ……んぅうっ……ちゅぅっ……ンンッ……んちゅっ……んぅっ……れろっ、れろぉっ……」

ピチャピチャと淫らで、糸引くような音が爆ぜた。

真由もまた舌をくねらせる。

彼女は目元を赤らめ、「ああっ……はぁっ」と呼気を弾ませた。

濃厚な口づけを交わしながら、彼女の右手に重ねた手に力を入れて包み込み、指同士をからめる。しっとりと手汗をかいた手の平。

「んぁっ……はぁあっ……ちょ、ちょっとぉ。こ、このキス、いやらしすぎるんじゃないぃっ？　……ンンゥウッ！」

「そ、そうかな？」

口の中で溜めた唾液をドローッと、彼女に呑ませる。

「ンッ……ちょっとぉ……こ、これぇ……ツバじゃないぃ！　こ、こんなの呑ませるなんて汚い……っ！」

文句を言いながらも、注ぎ込まれた唾液を呑み込んでくれる。

指を絡め合わせた手になおさら、力がこもる。

「あぁぁ……んんぅうっ……こ、こんなキス……んんっ……ば、馬鹿じゃないっ。こんなの、どこが気持ちいいのよぉ……っ」

双眸《そうぼう》を潤ませ、だらしのない表情を浮かべる。

真由は右手だけでなく、左手が寂《さび》しげに巧の左手の甲に重ねられた。迷うことなく指を絡め合わせれば、ピクンと反応した。

舌が戦慄き、彼女の口内の唾液の量も増えていく。絡め合わせる粘膜同士の吸い付き具合はますます濃密になり、ますます熱心に唇を貪《むさぼ》る。

「んぅっ！　ぁあっ！　あああっ……な、なんかおかしぃっ……頭がぼーっとしてぇ……ああ……きちゃうっ……ゾクゾク、きちゃうぅぅ……っ！」

瞬間、真由が舌と全身を小刻みに震わせたかと思えば、糸の切れた操り人形のようにたちまち全身を弛緩《しかん》させた。口づけは自然とほどかれ、真由は巧の胸におでこを押しつける格好で、ハァハァと荒い息遣いを繰り返す。

「真由ちゃん、イったの？」

「……んん、い、イく？　何言ってるの。私……飛んじゃいそうになっただけぇ」

呂律の怪しい声で抗議《こうぎ》する彼女の口元は、唾液でべちょべちょだった。

(真由ちゃん、めちゃくちゃ感じやすいんだ)

本人は素直じゃないけれど、その蕩けた表情はどんな言葉よりも説得力がある。

巧は真由の胸元を見た。タオルで隠されたそこには深い谷間が出来ていた。

「……真由ちゃん」

「わ、分かってる……。た、タオルで隠したままじゃ出来ないってことでしょ？」

タオルに手をかけるが、外す前に上目遣いで睨まれてしまう。

「後ろ向いててっ」

「あ、ごめん！」

慌てて背中を向けると、ちゃぷちゃぷと温泉の湯面をかき混ぜる音がしっとりと響いた。しばらくして、「……い、いいわ」と怖々《こわごわ》とした声が聞こえて振り返れば、真由が両腕で胸元を、足をお湯の中でお腹に引きつける感じで秘処を隠していた。

「真由ちゃん。見せてはくれない？」

「……分かってるってば。そんなに急かさないでっ」

「うん。分かる、けど……」

真由は腕を恐る恐る外せば、形の良いツンと尖った釣り鐘型のバストが露わになる。乳首の位置が高いのはもちろんだけれど、薫よりも全体的に締まった印象だ。

「綺麗なおっぱいだね」

「何それ。褒めてるのっ!?」

「褒めてるよ。僕も、真由ちゃんとのキスでめちゃくちゃ昂奮してるんだ。ほらっ」

そう言って巧が、痛いくらい膨張した陰茎を露わにする。

「ひゃっ！　な、何よ、それ！　ちょーキモいんだけど！」

「ううう……ごめん。でも、これくらい昂奮したってことで……」

「あぁ、もう最悪ぅっ！」

真由は身動ぎ、嫌々とかぶりを振った。

さすがにここまで過剰に反応されてしまうと、いくら巧が鈍くても気付く。

「真由ちゃん……初めてなの？」

「はあっ!? 何、それ！ は、初めてじゃない！ したことくらいあるし！ あ、あんまり経験がないだけだからぁっ！」

「分かった。ごめん。僕、鈍いからそういうことが分からなくって……。——えっと、近くに行っても？」

「……好きにすれば。さ、さっさと突っ込んで出せば!?」

真由はやけっぱちに叫ぶ。

「そんなことはしないよ。二人とも気持ち良くなって、本当に真由ちゃんが僕を受け入れたいって思って欲しいから」

巧は、真由の染み一つないすべやかな背中側に陣取った。

温泉独特の香りに混じり、甘い臭いがした。それはシャンプーとも香水ともつかない、男をますます昂奮させる媚薬のようなフェロモン。

「触るね？」

「……ん」

巧が、真由の腰に手を当てると、「ひゃッ！」と敏感に反応して声を上擦らせた。

そのまま手をお腹を撫でるようにしながら上へ持ち上げていけば、指先に甘い弾力感が触れる。

「ンンッ！　ちょ、ちょっとぉ……触り方がいやらしい！」

「ごめん。でも我慢してっ」

さらに裾野から頂きまで、絞り上げるように指を食い込ませていく。

「ンッ！」

若乳は柔らかさよりも生硬さの方が勝っていた。少しでも指を食い込ませれば弾力感に指をはじかれるが、肌のもちもち具合は姉妹で一番だった。

指に触れるたび、すべやかな乳肉が吸い付く。

いつまでも揉んでいたい気分になった。

「真由ちゃんのおっぱい、すっごくいやらしい形になってるね」

耳元で囁けば、下唇を噛んだ真由はいやいやとかぶりを振った。

「ば、馬鹿ッ！　何言ってるのよぉ！　調子に乗りすぎてるんじゃないのっ!?」

「ごめん。真由ちゃんが気持ち良くなってくれてるのが嬉しくって」

「き、気持ち良くなんか——ひぁあああンッ！」

両方の先端を人差し指で軽く弾いてやれば、淫らな声が口を突いて出た。

「だからぁっ、ば、ばかなことやらないでぇっ」

真由が身動ぐことで湯面がかき混ぜられ、じゃぶじゃぶと白く泡立った。

初めてだと図星を突かれ、真由は動揺を隠せなかったが、そうこうするうちに巧の手がいやらしく身体に触れてくる。

ただでさえ余裕がないというのに、拍車をかけられて混乱してしまう。

女性の手とは明らかに違う、硬くゴツゴツした手に乳丘を包まれながら頂きを摘まれるや、背筋に甘い電流が走った。

「あああんっ！」

自分の糸引くような声が風呂場で反響するのも恥ずかしく、頬がカッと燃えるように熱くなってしまう。

(嘘でしょ!?　私の胸が、巧の手の中でいやらしく形を変えちゃう！)

乳房を揉みくちゃにされているのに、刺激を受けるたび、乳頭はますます卑猥に硬く尖っていく。

指でこよりを作るみたいにいじくられれば、目蓋の裏で甘い火花が爆ぜた。

「ああああンンっ！」

（どうしてこいつは、私に何度もエッチな声をあげさせたがるのぉ!?）

だが胸ばかりに意識が集中していた矢先、お尻に何か熱く硬いものが密着した。

「ひぁああ!?」

声を我慢したいのに、ちょっとした刺激に対してもあられもない嬌声が口を突いて出てしまう。

「ちょ、ちょっとぉっ……お尻に何か当たってるぅっ！」

鼓動が早鐘を打つ。知識としては知らなくても、本能はそれが何か気付いていた。

「……ち×ぽだよ」

「ちっ!?」

さっき見た、怖ろしいくらい昂ぶった股間の有り様が、脳裏にまざまざと思い出されてしまう。

（嘘でしょ!?　し、信じらんない！）

あんなにグロテスクなものが身体に押し当てられてしまっているのだ。そしてその肉塊はビクビクッと脈打ちながら、左の尻タブをぐいぐいと押してくる。

（こ、こんなものを受け入れなきゃいけないの？　こんなのを身体に入れたら、絶対にお股が裂けちゃう！）

そうしている間にも乳頭を緩急をつけた刺激でこねくられる。頂きをつねられたり、引っ張られたり、弾かれたりと、まるで弄ばれている風なのに真由はそれに逆らうどころか、甘えるように巧の引き締まった体格に全身を擦りつけてしまう。

「ま、真由ちゃんっ！」

巧は情けない声を上げたかと思えば半ば無理矢理真由の顔を振り向かせ、さっき以上に激しく唇を重ねてくる。

今度は最初っからハイペースに、口腔をかき混ぜられた。乱暴すぎるやり方なのに、真由は口元を半開きにさせながら舌を受けてしまう。

「ンンンッ!?」

彼の熱々の舌がもぐりこみ、頬の裏や口蓋、そしてベロを刺激してくるのだ。口内なのにまさぐられるだけで息が上がる。首筋がゾワゾワし、思わず下腹に違和感を覚えて太腿をぎゅっと閉じずにはいられなかった。

しかし真由もやられっぱなしではない。

巧の顔を摑むと、ぐっと自分から唇に吸い付いていく。

もう無我夢中だった。湯面を乱暴に泡立たせながら、彼の口めがけて唾液をドロドロと注ぎ込めば、嬉々として呑んでくれた。

（わ、私の唾液を……これ、エッチぃっ……）

胸の奥が熱くなってしまう。

たった数時間のデートとも言えないような散歩。

真由は何故かあの後、巧に対する嫌悪が薄らいでいるのを感じた。いや、巧を嫌っていたのではなく、正確に言えばどこの馬の骨とも知れない男を夫に迎えなければいけないしきたりに怒っていた。しかし安達家が繁栄する為には、そのしきたりを破るわけにはいかないし、破るとすれば冬美や薫を悲しませることになってしまう。

だからこそ、外から来た巧に全力で怒りをぶつけてしまったのだ。

しかしそれも巧と一緒に過ごすことで、彼の思いの一端に触れた。

まだ巧のことを本気で好きなのかは分からなかったが、少なくとも抱かれたくないとは思わなくなっていた。だからこうして巧の元を訪れたのだ。

「んっ……レロォッ、レロォッ……チュパアッ……ピチュユゥッ……」

荒々しい口づけに、真由は我慢できず、お尻に当てられた逸物を扱き立てるように下半身をクネクネと揺すった。

「ま、真由ちゃん！　ま、待った!!」

「な、何っ？」

「そんなに擦られたら、出ちゃうっ」

「で、出るって？」

「赤ちゃんの素が出ちゃうってことっ！」

「……自分から擦りつけてきて……んん、自分勝手なんだからァッ！」

「ごめん！」

真由は名残惜しさに後ろ髪を引かれながら、唇の交わりをほどく。

(わ、私も……キスをもっとしたいって思っちゃう。何で!?　私って変態!?)

真由は悩ましい表情のまま、甘い溜息をこぼした。

「……するの？」

「真由ちゃん、ちょっと縁に腰かけて」

「うん。まだ。だけど必要なことだから」

「……分かった」

初めてではないと否定しながらも、必要な事だからという言葉に大人しく従う。

矛盾しているが、今はもうそれを訂正するほどの余裕はない。

(巧のあれが押しつけられた感触がまだ、お尻に残っちゃってる……っ)

もっと感じていたいという淫らな願望を振り払い、浴槽の縁に座った。

巧は真由の膝頭に手を添えると、そっと股を開こうとするが、真由は慌てて足を閉じた。

「ちょ、ちょっと何やってるの!?　変態っ！」

「違うよ。ちゃんと濡れてないと痛いと思って……」

「だ、だからって、こんなに明るい所で見られちゃったら……ぜ、全部……っ」

それ以上はさすがに言葉には出来ず、俯《うつむ》いてしまう。

「じゃあ、こうしよう」巧は自分が使っていたタオルで目隠しをする。

「こうすればいいでしょ。だから僕の指を誘導して。入れても大丈夫か知りたいんだ。これは大事なことだし……」

「……わ、分かった。目隠しするならいい……っ」

真由はどうにか了承してくれた。

(これって普通にするより、エッチじゃないっ!?)

巧は自分でやっておきながらも、すぐにそう思い直した。

右手を真由の、すべやかな手で包み込まれたかと思えば、そっと導かれた。指先に柔らかなものが触れる。そこは、熱いくらいの温もりに満ちていた。

その柔らかな粘膜の中心にへこみがあった。

視覚を奪われている中、接触した恥肉の感触に総毛立ってしまう。

(真由ちゃんのおま×こだ!)

とろとろと蜜をこぼす柔肉が、ヒクヒクと戦慄く。

「ンゥウウウウ……ッ!」

真由が鼻にかかった声をこぼし、身動ぐ。そこはネットリとした蜜にまみれ、明らかに冬美や薫よりも狭い。

「ね、ねえ……これでもういいでしょうっ」

「ま、待って。実際、入れてみないと」

「どうして!?」

「指で馴れておいた方がいいと思うんだ。もちろんあんまり深くは入れない。入り口をさするくらいだから」

「わ、分かった……。でも本当に乱暴にしないでよ。そこ、すっごく繊細なんだから」

「もちろんだよ」

巧はゆっくりと指を埋めさせる。

「ンンッ!」

第一関節あたりまで埋まっただけで、真由が息を詰めるのと同時に、膣内がギューッと収斂してきつく締め付けられてしまう。指を甘噛みされながら、凹凸のある柔壁にチュウチュウと吸い付かれるのだ。

「ああっ……嘘。指一本だけなのにぃ……く、苦しいッ……！」

「これより大きなものが入るんだから、準備した方がいいでしょ？」

「……んっ！」

真由は鼻にかかった声をあげた。

巧はゆっくりと入り口の部分をならすように、指を前後に動かす。

「アアンッ……ヒィッ……た、巧の指が動くだけで……腰が動いちゃうッ」

「痛かった？」

「ち、違うぅっ！　ンンンッ……ゾクゾクしちゃう感じィッ！」

鋭敏になった聴覚に粘り着くような水音、そして何より真由の無意識のうちに牡を求める媚《こ》びを含む喘ぎが聞こえてきた。

初めて異物を受け入れるそこは、かなり過敏だった。ちょっとした刺激でも小刻みに反応して、奥の方から蜜汁のダマをこぼす。その体液を巻き込みつつ指を前後に動かせば、クチュクチュッと淫らな音が奏でられる。

「ああ、嘘ぉっ！　こ、これぇ、私のあそこから出ちゃってるの！　アアアンッ……イヤァアッ！　は、恥ずかしいィッ！　こ、こんな音を聞かせないでぇぇッ！」

真由の足が跳ねているのだろう。水飛沫《みずしぶき》が上がる音が聞こえた。

巧の右手を包み込んでいた真由の手に力がこもり、手の甲に爪が食い込んだ。

それくらい悶絶しているのだ。初めてのはずなのに真由の秘処はびっちょりと潤み、指を愛おしそうに締め付けてくる。

「ま、真由ちゃん！　そんなに締め付けられちゃったら！」

「ンンン！　そ、そんなことしてないからぁっ！　し、締め付けるなんて、そんな……イヤイヤぁっ！　指、抜いて!?」

「ど、どうしたの？」

「指動かすの、だ、だめえッ……も、漏れちゃううぅう！」

刹那《せつな》、プシャッと何かが弾ける音が聞こえ、巧の手に温かな飛沫がかかった。

「ひぃぃい……ぬ、抜いてって言ったのにぃっ……お、お漏らし、しちゃうなんてぇ」

真由の様子のおかしさに、慌てて目隠しを取った。

「真由ちゃん、平気!?」

浴槽の縁に腰掛けた真由はビクッ……ビクッ……と総身を小刻みに震わせながら、

鼻にかかった嗚咽《おえつ》をこぼす。

自分の身体を抱きしめ、全身をプルプルと戦慄かせていた。

「真由ちゃん。今のはお漏らしじゃないよ」

「下手な慰めは――」

「違う。今のは潮《しお》って言うんだ。女性が気持ち良くなりすぎちゃうと出ちゃうもので、おしっこじゃないよ」

「ほ、本当に？」

「うん。……僕の指で気持ち良くなってくれて、すっごく嬉しいよっ！」

巧は愛おしさの余り、いてもたってもいられなくなり、真由に抱きつく。

「ああっ……ンッ……」

かすかに身動いだ真由は抵抗することなく、巧の身体にもたれかかってくれる。

「……あん、ちょっと。た、巧……っ」

「何？」

「ひ、膝に当たっちゃってるんだけどぉ……」

「あ、これは……」

「すっごく硬くって、震えてる……。ねえ、触ってもいい？」

「あ、うん。もちろん」

「……今からこれが、私の中に入っちゃうんだね……」

感慨深げに呟いた真由の手が、肉棒をスリスリと撫でてくる。

「うっ！」

「ごめん！」真由ははっとして手を引っ込めた。

「ち、違う。真由ちゃんの手が気持ち良くって……思わず声が出ちゃったんだ」

「そ、そうなんだ。そっか……気持ち良かったのね……」

真由は安心したみたいに頬を緩めた。

「すっごくいやらしい形してるよね。先っぽなんて、すっごく……」

真由は上目遣いで巧を見る。

「ねえ、そろそろ……」

「うん。僕も真由ちゃんが欲しい……」

「私は、どうしたらいい？」

「どうしたい？　色々な格好で出来るけど、真由ちゃんが一番したい体位で……」

「そ、そういうことはよく分からないけど……巧の顔を見ながら、したいって……思う……」

「それじゃあ右足をそっちに、左足はそこに」

「こ、こんな格好？　すっごく恥ずかしいんだけど!?」

真由は赤面してしまう。彼女が指示されたのは、向かいあった態勢で、右足は浴槽の中で左足は浴槽の縁を踏むという、巧に見せつけるように大きく股を広げる格好だった。

「そのままじっとしてて……」

「恥ずかしいから早く……！」

「うんっ」

真由のほっそりしたウェストを抱きしめながら、逸物をそっと秘処へあてがう。

「ひぁあッ！」真由が全身をびくっと弾ませた。

「平気？」

「へ、平気、だから……お願い……っ」

「いくよっ！」

ゆっくりと怒張を挿入していく。さっきあれだけほぐしたにもかかわらず、異物を押し出される抵抗は強かった。

「んううううう！」

目の端に涙を溜め、真由はいやいやとかぶりを振りながら仰け反った。

巧は、秘壺から分泌される甘露のぬめりを借り、真由を一息で貫く。

「ンンンンンンッ！」


痛みの次に、衝撃が真由の身体を走り抜けた。

股が裂けてしまうと思わずにはいられない存在感。

「……た、巧ぃっ。ど、どうなったの……？」

「大丈夫。無事に……全部入ったからっ」

かすかに湯船に赤いものが浮いていた。

「そ、そう……なんだ？」

「どう？　痛い？　抜いた方がいい？」

巧は優しく腰を引いてくれようとするが、「駄目！」と真由は制した。

「や、やめてよ。幾ら私だって、男は射精しなきゃおさまらないことくらい、知ってるのよ。だから、最後までして……っ」

「……分かった。しばらくはじっとしてるよ。馴れるまでね」

その優しさが嬉しい反面、こんな状態でずっといるのは恥ずかしかった。

しかし、ここで動かれたらどうなってしまうのだろうという不安もある。

「……真由ちゃん」

唇を塞がれた。下半身のジワジワと疼く感覚から逃げるように、真由は口づけに縋《すが》った。真由の方から舌を差し出し、ピチャピチャと唾液を絡める。

「んちゅぅっ……ちゅぅぅっ……ンンッ……た、巧ィッ……チュピィッ！　ちゅぱぁっ！　ンフンフッ！」

互いに唾液を交換しあい、巧のツバを嬉々として呑み込んだ。

「ひぁっ！」

不意打ちの刺激に、全身を戦慄かせてしまう。

巧の手が双つの胸を握りしめ、乳首をまさぐっていた。

「あんっ……巧ィッ……駄目ェッ。ひぃぃぃんン……び、ビリビリ痺れちゃうっ！」

「感じてくれてるんだ。それじゃあもっと弄るよ。そうしたら、あそこの痛みも気にならないだろうから」

真っ赤に腫《は》れ上がった乳頭を摘まんだり、引っ張ったり、捏ねたり、まさぐることで真由は鼻にかかった嬌声を漏らす。

「す、すごいのうッ！　ビリビリしちゃってぇ……乳首で変になっちゃうぅぅぅ!!」

真由はますます唇をねだった。自分の身体が巧の手によって卑猥に変えられていくのが恥ずかしくて、仕方がなかったのだ。口付けをしている間はそれを意識しないで済む。

だがその時、「うッ」と巧が呻く。

「ど、どうしたの!?」

「い、いや……。真由ちゃんのあそこが僕のを締め付けてきて……」

「う、嘘！　私はそんなことしてない！」

「分かってる。でも、うぅぅ……真由ちゃんのあそこがウネウネ絡みついてきて……本当に腰が抜けちゃいそうなんだっ！」

「え？　そ、それってどういうこと？」

「真由ちゃんのあそこが僕のを欲しがってくれてるのかな」

「そんなこと……。だ、だって私は初めてなんだよ!?　初めてだってことは痛くって、欲しがるなんてそんなこと……ヒイイイインッ！」

真由は思いっきり声を上擦らせて、小さく仰け反ってしまう。

何事かと思えば、巧が腰を引いていた。

自分の中に埋まっていたことが信じられないくらい大きく、逞しいもの――。

そこにはかすかに血がついていた。

怒張を見れば、真由は自然と生唾を呑み込んでいた。

鼓動がうるさいくらい、ドキドキしてしまう。

「今の声、エッチだったよ」

「違うの！　あ、あれはビックリしただけだから！」

真由は必死に抵抗する。さっき処女を失ったばかりだというのに、早くも感じるなんてそれではただの淫乱だ。

「それじゃあ確かめてみよう。ゆっくりと動くから」

「……っ」真由は下唇を噛んだまま、コクコクと頷く。

巧が腰を押し出し、ズブリズブリと息の長い挿入を注ぎ込んでくる。

「んんぅぅ……っ！」

真由はこぼれそうになる喘ぎを必死に押し殺そうと、唇をきつく噛んだ。

巧が苦笑する。

「真由ちゃん。そんなに我慢されたら分からないよ？」

「が、我慢なんてしてないし！　ほら、やってよっ！」

巧は腰を引く。あの大きく広がったキノコみたいな先端部分が身体の中を抉るように、抜けていく。同時に柔肉まで引っ張り出されるような疑似感覚に、「ぁあっ！」と甘い声が口を突いて出てしまう。

「真由ちゃん、今の声、やっぱり気持ち良くなってくれてるんだね？」

「ち、違うったら。違う！　私は淫乱じゃないんだから！」

「淫乱だなんて思ってないよ」

「ほ、本当……？」

真由は上目遣いになる。

「当たり前だよ。真由ちゃんは僕の奥さんで、大切な人なんだから。その人が気持ちいいって言ってくれてすごく嬉しいんだっ。だから声を我慢しないで」

大切な人。その言葉に、おへその奥がキュンッと戦慄いてしまう。

「だから真由ちゃんのエッチな声、もっと聞かせて」

太い亀頭冠に行き止まりを押し上げられれば、目蓋の裏で桃色の火花が爆ぜた。

「ぁあああんっ！」

今度は声を我慢しなかった。自分の糸引くようなあられもないよがり声が浴室中に反響しても、構わなかった。

巧がそっちの方が嬉しいと言ってくれているのだから。

とても不思議な感覚だった。破瓜の痛みは自分の感覚だったはずなのに、こうしてとろけ声を上げる時には、巧のお陰で出せていると思えた。

腰を動かす巧が、悩ましい顔をした。

「巧はどう？　私の中はどうっ？」

「気持ちいい。す、すっごく僕のを締め付けて、奥へ引きずり込まれる感じで……。僕のに吸い付いて離れないんだ！」

「アンッ！　そうよ！　離れないんだから！　わ、私の初めての相手になったんだからね！　お姉ちゃんたちよりもずっとずーっと私のことを気持ち良くしてくれなきゃ許さないんだからね！」

深い場所でつながっている。それが嬉しく、下腹がさらに疼いた。

さっきまでは挿入するのがとても大変だった真由の狭隘が、不意に広がった。

温かくヌルヌルした蜜壁が逸物に吸い付き、射精をねだる。

真由の純真さと打って変わって、とても生々しかった。

冬美たちに比べて膣肉にはまだどこか硬さがあったが、その分、圧迫感は姉妹で随一かもしれない。処女だということに気を遣っていなければ、あっという間に果ててしまっただろう。

「あんっ！　巧ぃ、気持ちいいよ！　巧のあそこが私の中に深く刺さってきてぇ！　あああんっ！　巧のものでお腹が一杯に満たされちゃう！　ンンッ!!」

真由は蕩けた笑顔を見せてくれる。同時に媚粘膜が収斂して、ペニスを貪るように咥え込んできた。


巧が必死に射精をコントロールしているのも知らず、真由は妖艶に腰をクネクネと揺すりながらねだる。

「あん、巧の気持ちいいよ！　ああんっ！　巧も私のあそこで気持ち良くなってくれてるんだよねっ!?」

「気持ちいいよ！」

「じゃあ、もっと動いて。私のあそこをいやらしくして、中にいっぱい赤ちゃんの素をちょうだいぃ！」

真由は双眸を潤ませ、鼻にかかった淫靡な声でおねだりする。

「分かった！」

巧はお湯をかきまぜながら、腰を前後に動かす。

ズンズンッと行き止まりを集中的に責め立てた。

「ひぁあああ！　ぁああああンンッ！　た、巧のすごいよぉ！　とっても硬くって大きいあそこが、私の中をグチャグチャにしてるのぉ！　ビリビリするのぉ！　おかしくなっちゃうっ！」

腰を往復させるたび、二人の体液の混ざり合ったものが温泉の湯面をヌラヌラと汚していく。腰を止められるはずがなかった。こんなにも自分のことを求め、愛おしく締め付けているエッチな蜜孔が求愛してくれているのだ。

「た、巧ぃ、キスして！　お願いィッ！」

甘える猫のように唇を求めるだけでなく、身体を擦りつけてくる。

ツンと乳首を勃起させた乳丘を、形が変わるくらい押しつけてきた。

全身で巧を感じたい——。そんな彼女の強い想いが透けて見えるような密着感。

お風呂の蒸し蒸しした暑さのせいで、二人とも温泉に浸かっているはずなのに汗だくだった。

真由の若いピチピチした肌が心地よく吸い付いてくれることに、劣情を尚更に煽《あお》られる。

安達家に婿に来てから、愛する女性たちからこれほどまでに熱烈に愛して貰えて、巧は幸せだった。

真由を気持ち良くしたい、蕩けて欲しいと、さっきよりもずっと力強い抽送を見舞う。ラブジュースを攪拌するたび、グッチュグッチュッと下品な水音を奏でる。

「あぁ！　はあぁぁ！　た、巧、わ、私イッ」

真由は甘く上擦った涕泣をこぼし、彼女の秘唇が切なげに戦慄きながら砲身へますます深く吸い付き、妖しい蠕動で子種をねだった。

「ま、真由ちゃん！　僕ももう……！」

「で、出そうなんだ！　あん、本当に嬉しい！　巧が私で気持ち良くなってくれるの嬉しい！　あぁ……こ、このまま出して！　私の中にいっぱい注いでエッ！　お姉ちゃんたちよりも先に、妊娠……お願ィッ！」

さっきまで男を知らなかったとは思えないような激しい感情。

そんな悩ましい声で求められてしまったら、もう駄目だった。

巧は真由のお尻をむんずと握りしめるや、一番深い場所、一番子宮と近い場所に逸物を押し込んだ。

「あああああンッ！」

射精するその最後の一瞬まで、巧は腰を振り続ける。

「真由ちゃん！　受け取って！」

「受け取るぅっ！　受け取っちゃう!!」

微痙攣しながら子種を催促する蜜肉の伸縮に身を任せ、彼女の胎奥めがけ子種を解き放った。

びゅるぅっ！　どぴゅっ！　びゅるるっ！

「ひあああ！　ひぃぃぃンッ……巧のドロドロしたのが私の中にきてくれるのぉぉ！　ああ、き、きちゃうッ！　何かが来ちゃうぅぅぅ！」

真由は汗の飛沫を弾けさせ、悶絶して仰け反った。

陶然とした新妻は、うっとりした顔で囁く。

「……あんっ、巧のあそこ……私のお腹の中でビクンビクンってすっごく元気に跳ねながら、熱いものを注いでくれてるのぉ……お腹がドロドロしたもので、い、いっぱいイイイッ……」

真由はぽっこりと膨らんだお腹を撫でた。

「真由ちゃん。すごく気持ち良かったよ」

「あん、わ、私も……っ」

二人は唇だけを重ねる、初々しい口づけを交わした。

第四章　露天風呂の淫ら花

「んちゅっ……ちゅぱぁっ……んふ……んんっ……」

巧が眠っていると、妙なくすぐったさを感じた。

くすぐったいのは下半身だ。

（な、何だ？）

さらに下半身がスウスウした。

「さ、寒い……っ」

目を開け、身体を起こせば——薄い紫色の着物姿の真由と目があった。

「ま、真由ちゃん!?」

驚いたのは、そこに彼女がいたからではない。真由が巧のズボンと下着とをずり下ろし、露わにしたペニスをアイスクリームでも食べるようにしゃぶっていたのだ。

彼女は潤んだ眼差しで巧を上目遣いで見る。

「な、何やってるの!?」

「あんっ……お姉ちゃんに巧を起こすよう言われたの。でもそうしたらここがとっても苦しそうだったから……。もしかして、この間のこと夢に見てた？」

「……それもあるけど、男は朝はこういう風になるんだ」

真由は微笑んだ。

「へえ。そうなんだ。それ、すっごく大変そう。だったらこうして私がしゃぶってあげることは、いいことよね？」

あどけない真由にグロテスクな肉柱を咥えられながらしゃべられてしまうと、彼女の舌や頬が亀頭冠と擦れて下半身がガクガクと戦慄いてしまう。

「ほーら。巧だって喜んでくれてるし」

「で、でも……そんな朝からなんて！」

真由が不満そうに目を細めた。

「何？　私とじゃ、やりたくないってこと？」

「ち、違うよ。やってくれるのは嬉しいけど……」

「だったら黙ってて。せっかく妻がご奉仕をしてあげてるんだからぁ……ンチュッ……レロォッ！」

真由はますます熱を込めたフェラチオを披露してくれる。そのウブっぽく、たどたどしい舌遣いに、朝から不埒《ふらち》だと思いつつも、そそられてしまう。

数日前、ようやく真由と一つになれた。それまで彼女は男を知らなかったにもかかわらず、今こうして臆面《おくめん》もなくペニスに顔を寄せて刺激してくれているのだ。

真由の愛情の深さに驚くとともに、悦んでしまう。

「真由ちゃん、き、気持ちいいっ」

「本当？　イメトレした甲斐があった」

真由は青筋の絡みつきや、脈打つ逸物を可愛がってくれる。

先端のぷっくりと膨張した鉾先《ほこさき》だけでなく、根元の方にまで顔を寄せた。

黒い繁りが顔に触れるのも構わない濃厚な口唇愛撫に、昂奮は否応なく高まってしまう。

「ま、真由ちゃん。でもこんなことして大丈夫なの？　く、口でやるのなんて初めてでしょ？」

「レロレロッ……ンチュゥッ……そんなこと関係ないわ。愛情さえあれば、こんなことくらい出来るもの。それにあれからお姉ちゃんや薫姉に邪魔されて全然、巧に近づけなかったし」

じろりと甘く睨まれてしまう。

（こ、これって嫉妬されてるってことでいいのかな？）

人生初の体験にどう反応していいか分からない。

そうしている間にも真由は、甲斐甲斐しく肉塊を自分の唾液でマーキングをするかのようにしゃぶり回してくる。

「うう！　ま、真由ちゃん！」

「ここ？　ここがいい？」

巧の反応が一番大きかった亀頭冠、そのくびれの部分に舌をネットリと這わせてくる。

「んぅっ……れろぉっ……えらぁっ……んふ……んふぅっ……チュピィッ……ああん……巧のここ、ビクビクしてて可愛いーっ！」

真由は髪を掻き上げ、悩ましげに頰を桜色に染めた。ふっくらした頰は艶やかに紅潮し、さっきから入念なフェラチオをしてくれている朱唇は唾液でヌメヌメと輝く。

「真由ちゃん！　いいよっ！　うまいっ！」

「本当!?　嬉しいっ！」

真由は目を細めてはしゃぐ。そうしながらも、決して逸物から唇を離すことはしなかった。

「ねえ、巧の気持ちいい場所、もっともっと教えて。私、お姉ちゃんたちに負けたくない。お姉ちゃんたちには遠慮して言わないことも、私には遠慮なく言ってくれていいからねっ？」

幼妻の一生懸命さに、巧は思わず言う。

「じゃ、じゃあ……玉を刺激してくれる？」

「玉……？」

巧は真由の手をそっと握ると、ペニスの根元に下がっている陰嚢《いんのう》に触れさせた。

「ここ？」

「精子を作る大切な場所なんだけど……そこをしゃぶって欲しいんだ」

「いいわ！」

真由は巧からお願いされたのが嬉しかったように、怖い物知らずの精神で玉袋に舌を這わして、袋ごしの繊細な睾丸を優しく舌先で転がした。

それだけで、思わず声が溢れてしまう。

上目遣いの真由は目元を淫靡に紅潮させながら、「んちゅぅっ、ちゅぱぁっ……」と嬉々として咥え込んでくれる。

「……手でも扱いて」

「んっ！」

真由は何か頼まれること自体に、悦びを覚えているように目を細めると、勃起へその小さな手を絡めてきてくれる。

「すっごく太いっ。私の指が全然回りきらない……っ」

「ううう！」

それだけで腰が浮き、カクカクと戦慄いてしまう。

昂奮した肉棒からはカウパー汁が溢れる。

しゅっしゅっと扱きたててくれる彼女の指先にネットリと熱い雫が触れると、それを巻き込みながらさらに手淫を加速させるのだ。

クチュクチュと生々しい水音が弾けた。

「あぁん……これ、気持ちいいと出てくるのよね。んんっ……私で気持ち良くなってくれてすっごく嬉しい！」

真由は口元を綻ばせ、ますます熱心に玉袋を弄ぶ。

快感電流が陰茎を直撃すれば、巧は真由の吸い付くような柔らかな手の感触に慄然としてしまう。その様子を見ていた真由は巧に言われるまでもなく、自然と舌を這わせて垂れる雫を掬《すく》っていく。

「んちゅうっ……れらぁっ……んふぅっ……こぼれちゃう！　もったいなぁいっ。レロレロォッ！」

「ううう！　だ、駄目だよぉ！」

「駄目ってなにぃ？　嫌ってこと？」

「違うよ。き、気持ち良すぎるんだ！」

「ふふ。だったら問題なしっ」

真由はそのまま唇を亀頭冠に重ねてくる。

温かく湿った口内に敏感な切っ先が包まれてしまえば、もう駄目だった。

「ま、真由ちゃん。ごめん！　出ちゃう！」

「んっ……だ、出して。飲んであげるからっ」

(そこまで勉強済み!?)

真由は少し頬をへこませながら、ヂュルヂュルッと淫らに吸いたててくれる。

巧が下腹に力を込めた瞬間、強烈な排泄欲求が爆発する。

「んんっ!?」

思いの丈《たけ》をぶちまければ、真由は目を白黒させながらも懸命に喉を鳴らして啜り飲んでくれる。

「んっ……んぐっ……んううっ……！」

しかし当たり前だが、夥《おびただ》しい量の樹液をいきなり全て飲むことなんて出来るはずもない。

真由は涙目になりながら肉棒を口からこぼした。

その拍子に戦慄くペニスから夥しい精液が噴き出し、真由の顔をドロドロに汚す。

真由は咳き込んだ。

「真由ちゃん、平気!?」

真由は涙ぐんだ目で巧を見つめる。

「……ご、ごめんね……。全部飲んであげられなくって……っ」

「そんなことどうでも良いよ。それよりすっごく気持ち良かったから」

「巧……んんっ」

巧は自分の体液で濡れた真由の唇を、優しく塞ぐ。真由は巧に身を預けてくる。

「んちゅっ……巧ぃっ」

彼女は鼻にかかった声を漏らして身動《みじろ》ぎながらも、巧の逸物を一生懸命しゃぶってくれた舌を悩ましく絡みつけてくれる。

「んちゅぅ……ちゅぱぁっ……んふぅっ……れろぉっ……あんっ……巧のキスぅ、やっぱりすっごくエッチだよぉっ……」

「真由ちゃんだって、とってもエッチだよ。この間が初めてだったのに、もうすっごくいやらしい奥さんになっちゃうなんてびっくりだ」

「あんっ……こんなになっちゃったのは、巧のせいなんだからぁ。ちゃんと気持ち良くして、責任とりなさいよぉっ」

真由は濡れた眼差しで、巧を見つめた。

居丈高《いたけだか》に要求しているようでいながら、そこには懇願の色があった。

「真由ちゃん。どういうこと？　ちゃんと言葉にしてくれなきゃ分からないよ」

「ンッ……い、意地悪ぅ！」

「僕は真由ちゃんを気持ち良くしたいんだ。でも真由ちゃんが何をして欲しいか分からないと的外れなことをしちゃうし……」

真由はわざと焦らされていると知って、「んぅぅっ！」と不満げに鼻を鳴らすが、結局、彼女が折れた。

「……た、巧のあそこが欲しいのぉっ」

「僕も、真由ちゃんが欲しい。えっと……」

着物の脱がし方が分からずオロオロしていると、真由はきつく締められていた綺麗な帯をあっさりとシュルシュルと足下に落とした。

そして白い長襦袢姿を披露する。

「ね、巧」

真由に手を導かれて襦袢を脱がせば、肌着が露わになった。

襦袢よりも、より彼女のしなやかな凹凸がくっきりと透けて見える。

肌着も脱がせれば、数日前に湯煙の向こうにあった柔らかな裸身が、目に飛び込んでくる。もっちりした胸のふくらみ。その頂きの淡い桜色の乳頭は、ツンといやらしく尖っていた。

「真由ちゃん……」

唇を寄せて甘く吸い付けば、真由は「ああんっ」と鼻にかかった嬌声をこぼしながら、巧の首に両腕を回してぎゅっと全身を密着させてくる。

姉二人と比べてしまうと控え目だけれど、まだ誰もまさぐったことのない張りある柔肌を、思う存分にまさぐれる幸せに浸った。

「あぁっ……はぁぁっ、んんっ……巧ぃっ」

真由は身動ぎ、甘えた啜り泣きをこぼす。

乳肉を握りしめつつ、勃起乳首を摘まんで、こよりを作るように責めた。

「た、巧ィッ！　気持ちいぃッ！　巧の指が私の敏感な所を摘まんでェッ……ぁああン……ビリビリ痺れちゃうッ！」

真由は呂律の回らない舌で、嬌声を漏らした。

数日前、初めて巧と結ばれた。あの時は初めてということで、自分でもよく分からないうちに乱れ、快感に蕩けた。痛みがなかったのは良かったけれど、初めてに対する不安であっという間に過ぎ去ってしまったように感じられた。

だからこそ、今日はちゃんと巧の存在を感じたい。裸を見られることは今でも恥ずかしいはずなのに、巧の前に出ると鼓動がうるさいくらいドキドキした。もっと見て欲しいと思った。無我夢中で乳頭を啄んだり、胸を揉みしだく巧の右手をやんわりと握る。

「真由ちゃん？」

「……こ、ここに」

真由は熱に浮かされたように身体を火照らせながら、彼の手を自分の秘処へと伸ばさせた。

クチュッ……。卑猥な水音を奏でて、巧の指先が熱く潤んだ秘処に触れる。

「真由ちゃんのここ、ドロドロになっちゃってるね」

「巧の指が気持ち良いからだよぉ」

女性のものとは一線を画している、巧の武骨な男の指が秘裂をまさぐった。

そこは雪解け水が染み出すように愛蜜がヌルヌルと分泌され、少しでも指を動かすだけでクチャクチャと淫靡な音が弾けてしまうのだ。息が浅くなり、小鼻が膨らむ。

「真由ちゃん」

巧に促されるように、さっきまで彼が寝ていた布団に仰向けに寝転がる。

真由は二回目とはいえ、今度もちゃんと気持ち良くなれるだろうかと一抹の不安を抱きながら急かす。

「……早くしないと、お姉ちゃんたちが来ちゃうかもしれないから。お姉ちゃんに見られながらするなんて絶対に嫌だからぁっ」

「分かった」

力強く頷いた巧は膝をつくと、逞しく脈打つ屹立を向けた。

(え、エッチな形……。あれが本当に私の中を出たり入ったりしてたんだ。あぁっ……すっごくいやらしいよぉ！)

ゴクッと唾を飲み込んだ真由は右手でそっと自分の秘裂を開いて見せた。

外気が膣粘膜に触れるだけで、全身をビクッと反応させてしまう。

「巧、きてえっ」

ズキズキという疼きは耐え難く、真由は甘い啜り泣き混じりに求めた。

「真由ちゃんっ」

巧がそっと両足を割り開き、握った逸物の切っ先をあてがう。

「ンゥッ！」

「いくね？」

真由は下唇を噛みながら、こくんと頷く。

巧の腰に力が入れば、ズブズブッと勃起肉が陥入《かんにゅう》してくる。

(来てる！　あんなにたくさましくって大きいものが、身体の中に埋まっちゃう！)

一度経験しているにもかかわらず、やっぱりあんなに雄々しい逸物が中に入ってきていることが信じられなかった。

「はあああああんっ！」

巧の鋼のように硬いペニスを感じるだけで、ぞわぞわっと鳥肌が立ってしまう。

痛みはないが、あれだけ雄々しいものが入ってくるのだ。その圧迫感は強烈で「ンンンッ！」と喘ぎが口を突いて出る。

息が苦しくなり、ハァハァッと上擦った呼吸を繰り返してしまう。

グンッと下腹を押し上げる膂力に、足指が丸まった。

「あぁあっ……た、巧ぃ！」

「真由ちゃんの中に来たよ」

「んッ……わ、分かるよ。巧の逞しいおち×ちんが、私の中のすっごく深い場所まで、きちゃってるのぉっ！　あンッ……私の中でビクビクって可愛らしく震えてるのが、分かる！」

真由は頬を緩め、逸物で膨らんでいる下腹を感慨深げに撫でてしまう。

秘裂はまるで失禁でもしたみたいにべちょべちょに濡れそぼっているが、恥ずかしくない。こんなにも気持ち良くなれていることが嬉しかった。

「真由ちゃん、平気？」

「全然平気だから、巧がやりたいように動いちゃっていいからぁっ」

それは真由が求めることでもあった。腰がウズウズして、こうして一つになっているだけでクネクネと身動がずにはいられない。

「分かった。でもゆっくりいくから」

「……ん」

気遣いが嬉しかった。巧の二の腕を握りながら、彼が前後に腰を動かすのを感じる。

ズリズリッと腰を引かれれば、張り出した場所でとろける膣肉を擦られた。

「ああん！」

全身を慄然とさせ、真由は頬を悩ましく紅潮させてしまう。

痛みこそなかったが、それでも胎奥をかき混ぜられる感覚にはまだ馴れない。

逸物が半ばくらい覗いたところで、再び腰が押し込まれた。長大なペニスが抜けていく寂寥感《せきりょうかん》がたちまち塗り潰され、赤ちゃんを身籠《みご》もる場所を勢い良く押し上げられてしまえば、快感が電流のように脊椎《せきつい》を抜けて脳髄で炸裂した。

「はあああああ！　た、巧ィッ！」

真由はセミロングの毛先を躍らせながら、両足で巧の腰を挟み込み、少しでも彼の体温を感じようとする。

今日もしんしんと雪が降っていた。古い家屋のせいで寒さが身に染みる。

しかしどんな暖房も人肌には勝てない。

単純に温かくなるだけではない。こうして夫だと思えた人とかたく抱き合えれば、胸の奥がムズムズしながらも満ち足りた気持ちになれた。

(王子様って言うにはちょっと情けない奴だけど……)

それでも真由は、巧が初めての相手で良かったと思えた。

こうして何度も彼の身体を感じたいと、心の底から思えるのだから。

「う！　ま、真由ちゃん!?」

「ど、どうしたの？」

「いきなり強く締め付けられちゃってビックリしたよ。ううう……真由ちゃんがすっかり気持ち良くなってくれて嬉しいよ。こんなにエッチな子になってくれて……」

かあっと頬が紅潮してしまう。

「え、エッチじゃないからっ！　巧が、こ、こうして欲しいかなって思っただけだし！　あんっ……私は妻で、巧の赤ちゃんを産む責務が……アアアアンッ！」

不意に巧が腰を引いたせいで喋《しゃべ》るどころではなくなり、悶絶してしまう。

さっきよりも律動の振幅が短くなることで、耳朶《じだ》を打つのは艶めかしい水音。

彼が腰を前後に動かすたび、繋がった部分からブチュッ、グチュッ、ヌッチャヤッと卑猥な音が弾けてしまうのだ。

「あんっ！　い、いやあっ！　そんないやらしい音、聞かせないでぇっ！」

真由はイヤイヤとかぶりを振った。

「どうして？　これは、真由ちゃんが僕のことを求めてくれた証なんだよ。強く締め付けてくるだけじゃない。真由ちゃんのおま×こ、ビチョビチョに濡れちゃって僕に絡みついて……」

「だ、だからって！　そんなこと、いちいち声に出さなくていいからぁっ！」

真由は羞恥心《しゅうちしん》に身を焦がしながら、抗議の意味で弱々しい力で巧の胸を叩いた。しかし傍《はた》から見れば、甘えているようにしか見えなかっただろう。

真由は黒目がちな瞳を潤ませ、つい先日まで処女だったとは思えないような淫蕩な表情を浮かべていた。

蜜交に馴れていないからこそ、初々しいとろけ貌《がお》を見せてくれることが嬉しかった。腰をねじ込めば、いやらしく蠕動を繰り返すジェル状の蜜粘膜がにゅるにゅると絡みつき、棹部を這い回りながら妖しい甘美を与えてくれる。

腰が震え、怒張がひりついてしまう。

苦労しながら腰を引いても、亀頭冠が集中的に柔襞の刺激にさらされ、どうしたって腰の動きは鈍くなる。

そうでもしなければ腰が抜けて動きを止めたくなってしまうから。

何せ冬美たちとは違って緩急のある締め付けではなく、一心不乱に怒張を慰めて、一刻も早く子種が欲しいと頻《しき》りに強烈な締め付けにさらしてくるのだ。

同年代でも元カノとは全く違う。彼女は淡泊で、巧を積極的に求めてはくれなかった。だからこそ真由が勇気を出して求めてくれることが嬉しく、男冥利に尽きる。

「激しくするねっ」

「あんっ！　はあっ！　ンンッ……ええ、も、もっと激しくっ!?」

「嫌？」

「あん！　急がないとお姉ちゃんが来ちゃうもんね。だから、しょうがないわよね！」

今さら求めることが恥ずかしくなったように真由は抱きつき、顔を巧の右肩にうずめてくる。胸元も押しつけられて、蕩けるような乳房の質感、頂きの硬さをよりはっきりと覚えた。

愛蜜が溢れて、布団に垂れるくらいヌルヌルになった媚洞を熱烈に蹂躙する。

腰を往復させれば、巧の肉棒を美味しそうに頬張ってくれる媚肉が蜜汁のあぶくを滲ませると、膣圧がより高まった。

ペースなんて関係ない。本来ならもっと真由を気遣わなければならない立場なのに、巧の抽送は本能的にヒートアップしてしまう。

パンパンパンッ！

「ああっ！　ふああっ！　んぅぅっ！　た、巧ぃっ……ら、らめえっ！　はっ、激しいぃ！　壊れちゃうッ！　そんなに激しく動かれちゃったら壊れちゃう!!」

真由は両太腿にますます力を入れてきた。

「真由ちゃん、ごめん。も、もうすぐだからぁっ！」

受精を求めて淫らがましく吸い付く媚孔は、根元まで嚥下する肉棹を奥へ奥へと引きずり込んでくる。巧もまた股間をさらに深い場所へ押し込んだ上で、真由の子宮口に立て続けに突き立てた。本能の赴くままに求め合い、醸《かも》し出される二人の熱気で、窓ガラスが真っ白に曇る。畳の敷かれた床がギシギシッと軋んだ。

無数の媚襞に吸い付かれ、子種をねだられてしまう。

「ま、真由ちゃん……っ！」

膣孔を貫く勃起肉がビクビクと激しく身悶えた。

射精の兆しを感じ取った真由が、巧の耳元へ湿った息遣いをこぼす。

「巧、このまま出してぇ……ンンッ!?」

巧は真由の唇を奪う。今が真冬で外では大雪が降っているとは思えないくらい汗だくになりながら、重ねた唇をヨダレまみれにする。

「ああっ！　きちゃう！　ああっ……きちゃうのぉ！」

「真由ちゃん、それはイくって言うんだっ。——言って！」

「イクゥッ……ンンッ……巧のおち×ちんで、イっちゃうよぉぉぉぉ!!」

アツアツの子種を解き放った瞬間、真由は玉の汗を弾けさせ、ビクビクと全身を小刻みに痙攣させながら、突然、糸の切れた人形のようにぐったりしてしまう。

真由は陶然として、柳眉をひそめた。

「んッ……んうぅぅッ……た、巧ぃ、ああっ……巧のおち×ちんがビクビクしながら、赤ちゃんの素、たくさん出してくれたぁっ……」

「んっ……真由ちゃん、気持ち良かったよ……」

「巧、私とのエッチで気持ち良くなってくれた？　本当に？」

この期《ご》に及んでまだ自信なさげな新妻に、巧は優しく笑いかけた。

「もちろんだよ。僕は真由ちゃんのおま×こで気持ち良くなれたんだ」

「あんっ……嬉しいぃっ」

二人はぎゅっと抱き合った。

（おお！　雪がやんでる！）

ここに来て、ほとんど初めてかもしれない風景だ。

昼も夜も重く垂れ込めていた雲は風に流されて、満月が中天で煌々《こうこう》と輝く。

巧は久しぶりの月明かりに居ても立ってもいられなくなり、真夜中にもかかわらず外に歩み出た。

雪を踏みしめるサクサクした小気味良い感触を靴底で感じながら、空を見上げる。

吐く息は白い靄となって、闇の中でくっきりとした形を結びながら空へ昇っていく。

「綺麗だなぁ」

夜の散歩と洒落込みたかったが、いくら雪がやんだとはいえ空気は身を切るように寒く、長靴ごしにもひんやりした感触が上がってくる。二十分くらいで音《ね》を上げて部屋へ戻ると、テーブルにメモが置かれていた。

——本館の露天風呂でお待ちしております。冬美。

巧は本館へ向かい、脱衣所で服を脱ぎ捨てると嬉々として風呂場へ駆け込んだ。

温かな湯気に芯まで冷えた身体が癒やされる——濛々《もうもう》と立ちこめる湯煙が吹き流されれば、岩風呂につかった二人の姿が露わになった。

「薫さん!?」

「あーら。ご挨拶じゃーん。姉さん一人だと思ってたんでしょ？　悪かったわねー」

薫がにやっと微笑みながら振り返る。

その頬はほんのりと火照り、瞳は心なしか潤んでいた。

そんな薫の横には冬美がいた。振り返った彼女もまた首筋まで紅潮し、いつも以上に艶めかしく見えた。

「あらぁ。旦那様ぁ。来て頂けたんですねぇ、嬉しいです。私がここにいるって分かるなんて以心伝心ですねー」

「え、冬美さんがメモを……」

薫が突っ込む。

「姉さんがメモを残したんでしょーが。忘れちゃったの？」

「そうでしたっけ……」冬美はほうっ……と、どこか夢見心地な甘い溜息を漏らした。

（もしかして……」

湯船を見れば、そこには案の定、徳利とお猪口《ちょこ》の載ったお盆。

「二人とも酔っちゃってるんですかっ。酔っ払ってお風呂に入るのは危ないかなと」

「ちょっぉー。風紀委員じゃあるまいし、やめてよねー。せっかくの月見酒じゃないのぉ。——かんぱーいっ！」

薫はお猪口をぐっと呷《あお》った。これまで結構飲んでいるのだろう。口の端からこぼれたお酒が顎を伝って豊かな胸元に滴《したた》るのも、お構いなしだ。

「こらこら。薫ちゃん。旦那様が心配して下さってるのにそんな言い方ないですよ？もっとちゃんと旦那様の言葉を聞いて……」

冬美は妹をたしなめつつも、お猪口をあっという間に空にしてしまう。

「さあ、旦那様もどうぞこちらへいらっしゃって下さいな」

「あ、はい。失礼します」

かけ湯をして、足先から湯船に浸かった。ハァァと思わず息を漏らす。

と、左手を冬美に取られた。

「まあ、とても冷えてらっしゃいますわ。どうされたんですか？」

「あははは。久しぶりに雪が止んだので、外に出てたんです」

「そうでしたか。確かに旦那様には珍しいことかもしれませんね。さあ、お酒をお召し上がり下さいませ」

薫が止めに入る。

「姉さん、駄目だってば。お酒飲んだら勃ちが悪くなるじゃん」

「あぁ、それもそうですわね……。せっかく旦那様に地元のお酒を愉《たの》しんで貰おうと思ったのですが……」

そこへ右脇腹に温かな感触が押し当てられ、巧はびくっと大袈裟に反応してしまう。

薫が密着してきていたのだ。

タオルは無く、ムチムチした美巨乳が形を変えて密着する。

同時にツンと勃起した乳頭をぐいぐいと擦りつけられてしまう。

「あんたには、ちゃーんと私たちのおま×こが窒息しちゃうくらい出してもらわないと。……最近、真由に独占されてばーっかだしぃ」

「そ、そんなことはっ……う！」

左の脇腹に、薫よりもずっと肉感的で蕩けるような柔らかさが吸い付いてくる。

冬美が巧の左腕をぎゅっと抱きしめる格好で、上目遣いに見つめてくる。

「否定なさらなくても平気ですわ。真由とそんなにも親密になって下さり、姉としてとても嬉しいんですから。……でも妻としては妬《ねた》ましいですけどね？」

二人ともグラビアアイドル顔負けの大きさと形の美巨乳を押しつけながら、耳元で囁いてくるせいで、巧の砲身は早くも臨戦状態になり、透明な湯の中から丸見えになっていた。

すっかり酒に酔った二人は、艶っぽい笑みを浮かべた。

「旦那様。こんなにも逞しくって……素敵ですわぁっ」

今こうして全身で感じる二組の乳肉。巧はここに来て以来、二人の乳房を何度もまさぐり、指の間からはみだすくらい揉みしだいた。

こうして見ると量感は冬美が一回り大きいだろうか。ハの字に垂れ気味なものの、そのどこまでも指が沈んでいきそうな蕩ける乳肌は気持ち良い。

肉感具合では冬美に後れを取る薫だが、ツンと小生意気に持ち上がったバストは弾力感が手の平に染みこんでくる。揉みしだいているうちに、まるで水飴がとろけるように、柔らかく馴染んでくれるのだ。

その甲乙付けがたい姉妹の蜜乳は、源泉掛け流しのお湯に浸かることで完熟果実のように鮮やかに紅潮し、悩ましい。しかし奉仕してもらうだけなのは嫌だ。

(少しでも二人に気持ち良くなって欲しい！)

巧は左右から迫ってくる乳房をむんずと握りしめるや、敏感な乳頭を絞り上げた。

「あぁっ、旦那様ぁっ！　び、敏感な場所をそんなにコリコリしては駄目ですわぁっ！」

「んんっ！　ちょっとぉ、いきなり過ぎィッ！　ひいいんッ！」

二人が身動げば、水面が泡立った。二人は頬を染め、もっと弄って欲しいと眼差しで訴えてくる。巧は二人の手の平に吸い付いてくるモチモチの乳丘をまさぐるだけでなく、冬美の乳房の先端に吸い付いた。

「あああんッ！　だっ、旦那様ぁっ！　あん、そんなにしゃぶられてぇ……ンンッ、噛まれてしまったら、乱れちゃいますわぁ！」

お酒が入っていることもあるのか、薫がいようとも、冬美は大胆に身悶えてくれる。舌で弾きつつ噛めば、勃起乳首は口内でみるみる卑猥に痼《しこ》りたった。

すかさず薫が不満げに唇を尖らせた。

「ちょっとぉ！　私のも吸いなさいよぉっ」

巧は冬美の乳頭を唾液まみれにするや、今度は薫の頂きに吸い付く。血行が良くなって紅潮した乳肌を手の平で揉みしだきながら、乳頭に歯を立てる。

「アアァッ……イィッ！　巧の熱々の口で敏感な乳首を刺激されると、ビリビリ痺れちゃうッ！」薫は悩ましげに仰け反った。

その時。巧は股間に不意打ちの刺激を受けて、薫の乳頭を強く噛みしめてしまう。

「そ、そんなに強く噛んじゃらめえええぇ……ッ！」

薫は被虐の性感に酔い痴れ、いつも以上に乱れた。彼女の乳肌はたちまち汗ばんだ。

股間を見れば、冬美が湯面から突きだす隆々と昂ぶった逸物にしゃぶりついていた。

「ちょ、ちょっと！　姉さん、一人だけずるぃ！」薫が目を剥《む》いて抗議する。

「あんっ……駄目よ。順番なの。旦那様のここは今は私のもの……んんっ！」

豊麗な乳肉で思いっきり挟まれながら一息で逸物を根元まで呑み込まれてしまえば、ビリビリッと甘い電流が迸った。

「冬美さん……そ、そんな全部呑み込まれながら、おっぱいで刺激までされちゃうとぉっ！」

「あんっ。旦那様のここ、とっても悦んでビクビク震えちゃってますわねぇ。アァッ……温泉の香りに負けないくらい、旦那様の濃厚な臭いがたまりませんわぁ」

冬美は噎せ返るような牡フェロモンに酔い痴れた。

「姉さんがその気なら……」

対抗心を燃やす薫は徳利を呷ったかと思えば、巧の顔を摑んで唇を塞いできた。

「んんっ!?」

舌で唇をこじ開けられ、彼女の唾液と絡み合うことでまろやかさを増した地酒が注ぎ込まれてしまう。度数が高めのお酒が喉を焦がしながら、お腹を灼く。

「んちゅッ、ちゅぱぁッ……えろえろぉっ……ンゥウッ……どぉ？　特製の地酒の涎割り、はぁっ……ネロネロォッ！」

思う存分舌肉に口内を蹂躙《じゅうりん》されながら、アルコールを粘膜にじっくりと馴染ませられる。

冬美が声を上げる。

「か、薫ちゃん！　お酒は駄目だって……」

「私のち×ぽにならないち×ぽなんて、どうなろうが知ったこっちゃないの！」

「まあ何て言い草。いいですわ。でしたら私の愛情で旦那様を導くだけですものっ」

「惑わす、の間違いでしょ？　こっちは思う存分、好き勝手にさせてもらうんだから！」

アルコールが染み入り、頬を熱くさせてぼうっとしてしまう巧の口元に押しつけられたのは、蜜毛に縁取られた陰唇。

「うちの旅館でもこんなサービス受けられるのは、あんただけなんだからね？　誇りに思いなさい」

薫は秘処にお酒を注ぐ。

「さぁ、特製のわかめ酒よぉ」

「薫さんっ!?」

薫は巧の顔を跨ぐと、問答無用に蜜裂を押しつけてくる。さらに注がれたお酒が蕩けた秘孔から滲んだラブジュースと混ざり合い、蠱惑のカクテルに変身する。

巧はお酒を浴びるように飲みながら、舌先で秘処をしゃぶった。

「あああああんっ！　そ、そうよぉ！　もっと舌をねじ込んでぇ、わ、私のおま×こをしゃぶるのよぉっ！　ひぃぃぃンッ……さ、最高よ！　あんたのお酒で熱々のベロが、私の深い所までくるぅっ！」

恍惚の表情を見せた薫は、腰を妖艶にくねらせた。

妹への強烈なクンニを見て、冬美は動揺する。

しかし長女の威厳を守る為にも決して負けられない。旦那様を気持ち良くさせるのは自分なのだとばかりに頬をへこませながら、頭を激しく上下に弾ませてくる。

「ンヂュッ!!　ヂュッポッ！　ヂュルルッ！　ンンン……ッ!!」

ただ吸い付くだけではない。かすかに歯を立てることでアクセントを作り、ペニスをもぎとらんばかりの強烈な吸引にさらすのだ。

「ううう！　冬美さんっ!?」

巧がこらえられるはずもなく、腰を突き上げて喉奥を責めた。

「うぅ！　旦那様ぁ、そうです。思う存分に動いて下さいませぇっ！　私のお口をあそこと同じように使って下さいませぇっ！」

どれほど自分本位に腰を振っても、冬美は豊穣な母性愛でその全てを包み込んでくれる。敏感な亀頭冠をネチネチと締め付け、唾液でふやけさせる。

「んぐぅっ！　ぐっちょぉっ！　んふぅっ！　ギュルゥウッ！　ぢゅっぽぉ！　ぐっぽぉっ！　ギュルルルルルルッ!!」

怒張は酒で萎《な》えるどころか、二人の妻の競艶によって火柱のように昂ぶった。

喉奥を突くたび、冬美は目元を紅潮させ、鼻の下を伸ばすという卑猥な顔を見せつけながらフェラチオに励んでくれる。

薫が涕泣混じりに叫ぶ。

「馬鹿ぁ！　私がここまでしてやってんのに、姉さんに熱中するんじゃないわよぉっ！　私のおま×こが一番でしょぉ!?　ほらぁっ!!」

薫は愛液のまとわりつく花びらで、鼻と口を覆う。

巧の頭を抱え込みながら、濃厚なクンニを求めてくるのだ。

巧は薫の割れ目に舌をねじ込んで、陰核をしゃぶった。

「ひいいいいいいいンッ！　最高ゥウッッ！　あんたの顔が私のおま×こに夢中になって、腰が抜けちゃいそうなくらいイィのぉおおッ！」

「旦那様、出るんですね。エッチな体液をどぴゅどぴゅさせちゃうんですねぇ。アァッ……来て下さいませ。思う存分、出して下さいませっ！」

「で、出る！」

呻いた直後、慄然とした逸物から次々と子種を発射する。

「んっー！　ぅんぎゃう、ぢゅぷぅっ、んんっ、んぐぅ……ごきゅっ、ごきゅぅっ！」

冬美は喉を動かしながら嚥下し、しばらくすると鼻にかかった媚声をこぼす。

「あぁっ……旦那様のドロドロしたおつゆが私の口を満たしてぇ……ンンッ……すごく濃い匂いで、息が詰まりそうですわぁっ！」

冬美は頬を熟した林檎《りんご》のように染め上げ、やり遂げた溜息をこぼす。涙ぐみ、寄せられた柳眉から分かる通り、どうやら熱い迸りを受け止めた拍子に昇り詰めてしまったらしい。

薫が僻《ひが》んで、睨んでくる。

「ああっ……姉さんってば、唇をそんなに精液でヌルヌルさせて……あんっ……あのドロドロしてなかなか飲み込みきれないものを愉しむなんてぇ！」

冬美はゆっくりと顔を引き上げれば、まだまだ意気軒昂《けんこう》で天を衝く肉杭がビクビクと小刻みに震えながら紅唇から飛び出す。

冬美は今しがた、精液を飲んだばかりだというのに物欲しげな眼差しを見せた。

「あんっ……旦那様ったら。まだそんなに、はちきれんばかりに膨らませてるなんてぇ」

冬美はくるっと後ろを向いて豊艶な桃尻を突き出したかと思えば、割れ目を指でこじあけて、これでもかとばかりに蜜まみれの秘裂をさらす。そこから垂れた雫が内股を伝っている。

「どうぞこちらへ、いらっしゃって下さいませぇっ！」

「冬美さん！」

巧が湯をかき分けて近づこうとしたその時、肩を摑まれて振り向かされた。薫が姉から逸物を強奪しにかかったのだ。

「んんんんん……ッ！」

どこまでも広がる空を淫らな嬌声がつんざく。

薫は巧と向かい合い、対面座位の格好で交わってきたのだ。根元まで一気に受け入れたせいか、薫は悩ましく表情を引き攣らせた。しかし受け入れた蜜洞は失禁したかと見紛うばかりに濡れそぼって、巧の男根を受け入れながら糸引く蜜汁を溢れさせる。

「アアアアンッ！　巧のち×ぽが私の子宮に突き刺さっちゃうううぅぅッ！」

無数の柔襞がネチネチと締め付けながら、妖しい甘美を送り込んできた。

「か、薫さん！　まずは冬美さんとエッチするつもりだったのに……っ！」

「だってこうしなきゃ姉さんに何もかも独占されちゃうからッ！　長女ってだけで、ずるいんだからぁ！　ああんっ……あんたは私の夫でもあるんだから、妻がおま×こを切なくさせてることくらい、察しなさいよ！」

その時、空から綿のような雪が降り始めた。

急速に冷え込めば、薫の発情した潤肉の温もりがより心地よさを増す。

「雪見酒ならぬ……雪見セックス？　風情があっていいわよねぇ。寒い方が人の温もりが恋しくなるし」

薫はそうおどけるが、彼女が一番巧の温もりを求めていることは、貪欲にうねっている柔肉ではっきりと分かった。

「ほら、私と出来て嬉しいでしょ？　私の中で切なそうに早く出したいってビクビク震えてるわよ？」

薫は腰を挑発的に躍動させてくる。

「ううう!?」

「あぁあんっ！　イィッ！　巧の昂奮したち×ぽが私のおま×この中を広げて……」

ンンッ……エッチな音が出ちゃうッ！」

薫は巧にしがみつき、もっと子宮を突いて欲しいとおねだりするように、肉付きの良い腰を妖艶に揺らした。

愛液まみれでビチョビチョの膣内は、ともすれば抜けそうになってしまうので、抽送の力加減が難しいのだが、薫はお構いなしに貪欲に求めてくれるのだ。

「ほらぁ、もっと腰を振って！　強く私を犯しなさいよォッ！」

「――いけませんよ、薫ちゃん。そんな我が儘を言っては……」

「姉さん!?　じゃ、邪魔しないで！　今は私とこいつの時間……」

「そうはいきません。だって折角私が待っていたのに、横からさらわれてしまったんですもの。そんな行儀の悪い妹にはおしおきをしないと、いけませんもの」

薫の背後に回った冬美はおもむろに、薫の双丘をむんずと鷲摑みながら乳頭を指先で爪弾く。

「あああんっ！　姉さん、ラメェッ！」

敏感な部分をいじくられ、釣られた魚のようにビクンッと身体をしならせた。

そして薫の快感は如実に締め付けとなって反映されてしまう。

「ふっ、冬美さん！　駄目です！　そ、そんなことされちゃったらぁっ！」

「旦那様。これは姉としての責務ですので、口出しはご無用ですわ。親代わりの身として、けじめはつけなくては」

「ああん！　何がケジメよぉ！　ただの嫉妬でしょ……ヒイイイインっ！」

さらに薫は大きく身体を反応させた。冬美が左手をおもむろに繋がっている部分、尖っている秘芽を手折ろうとするかのように弄んだのだ。

「駄目駄目駄目ッ！　そこ、び、敏感過ぎちゃうからァッ！」

薫のキメ細かい肌は、雪が降っているにもかかわらず熱々だった。

「ううう！」

ますますきつい蠕動を織りなす膣穴を、巧は男根でがむしゃらに抉る。

「ひああっ！　な、何勝手に動いちゃってるわけエッ!?」

「動いて欲しいって言ってたからっ！」

「そ、それはさっきの話ィッ！　い、今は駄目なのおぉっ！」

我が儘爆発の薫だったが巧はとてもじっとはしていられず、腰を前後に振って蜜孔を思う存分蹂躙する。腰を引けば、ネットリと糸引く蜜汁のダマがドローッと溢れた。

すかさず返す刀で最奥まで肉塊で埋め尽くし、薫との距離をゼロにして密着する。

「さ、刺さっちゃうからぁッ！　子宮まで押し上げられて震えちゃうからぁ！　今はまじで駄目だってぇっ！」

薫は泣きじゃくり、よがった。逸物を咥え込んでいる蜜唇はますます感涙を流す。

蜜孔の中は隙間無く媚壁で包み込みながら、子種を求める刺激を送ってくる。

何度も交わっていても、女体はその都度、当たり具合も責め具合も変わる為、油断をしていると暴発しかねない。

冬美が妹の性感帯を責めながらたしなめる。

「薫ちゃん、いけませんよ。あなたが求めておきながら、それを駄目だなんて。――旦那様、こんな聞き分けの悪い妹で申し訳ありません。やっぱり姉として、私が一番最初に旦那様のあそこを頂きたく……」

「――姉さんになんて負けないから！　ああッ……こいつの精子で一番最初に受精するのはこの私！　ほら！　もっともっと私のおま×こをかき混ぜていいからッ！　姉さんでイかせないでェッ！」

「は、はいっ！」

声を上げた巧は腰を激しく打ち付けた。

薫は跳ね飛ばされまいと、ますます強くしがみつく。

愛液を吐露させ続ける秘肉の悩ましい愉悦感が深まり、腰が抜けそうになる。

巧は嫉妬と欲望でドロドロに蕩けた彼女の胎内を蹂躙することに熱中する。

雪の冷たさなんて関係ない。

薫を独占したいという欲望が頭をもたげる。

「あぁ！　イィッ！　ああん、気持ちいィッ……巧ぃっ」

薫が唇を塞ぎながら巧の激しい律動を浴びるたび、「ンゥッ！　ンウフッ！」と鼻にかかった媚声をこぼす。二人で唇を深く奪い合えば、地酒の芳醇な香りが雪崩《なだ》れ込んでくる。しかしその人工的な風味はたちまち、唾液という体液に溶けていく。

薫の眼差しは切なげに潤み、もう限界だと語っていた。

しかしそれは度重なる花孔の収斂にさらされている肉棒も同じ。

もう一度でも腰を引けば、ザラザラしたゼリー状のヒダヒダに吸いつくされ暴発してしまう。そんなことは夫として許されない。今はただ彼女の深い場所で果てたい。

その一心で、薫の子宮口をゴリゴリッと擂《す》り粉木《こぎ》で擦るように圧迫した。

「か、薫さん……出るッ！」

「あぁっ、私もイクッ、イっちゃうからぁっ！　ど、同時に果ててぇっ！　妊娠体液を子宮に注いでぇ!!」

薫は冬美に責めたてられ、怪しい呂律で渇望する。

「グウウッ！」

最後の瞬間まで動き続け、薫のスポーティーな肢体を骨抜きにしながら、夥しい樹液を解き放った。

「ひいいいいいいいいいッ！　くるぅ、くるぅっ！　巧の精液で私の子宮が火傷しちゃうぅぅぅぅぅぅ……!!」

薫は雪の結晶に彩られたセミロングの髪を振り乱し、めくるめく陶酔感に溺れていく。

今にも背骨が折れんばかりに身体を仰け反らせながら、肉杭を咥えこんでいる下半身は巧に密着させ続けた。

痙攣しながらも、一滴も逃すまいと柔壁が貪欲に伸縮する。

その膣圧に腰を戦慄かせながらも、巧は逸物を引き抜く。

「ひぁッ……あっ……あん、どうしてすぐに抜くのよぉ！　も、もうちょっと余韻とか愉しめないわけぇ？」

狭隘な牝孔からこぼれ出た逸物はまだまだ立派に勃ちあがり、肉柱は精液と薫のお汁でベトベトに濡れそぼっている。

「薫さん、ごめん……。でも冬美さんの番だから。――冬美さん」

冬美は嬉しそうに微笑んだ。

「嬉しいですわ。私のことを覚えていて下さって……」

「当たり前だよ。……冷えちゃったんじゃない？」

巧は、冬美の背中まで下ろしたロングヘアについた雪片を払う。

冬美は上目遣いになって巧に身を寄せた。

「あん……そうですわね。少し冷えたかもしれませんわ。……温もりを頂戴してもよろしゅうございますか？」

「もちろん」

冬美を抱きしめるがすぐに、「ぁんっ……巧さんのここ、とっても辛そう……」と太腿に押し当てられる格好になった陰茎に触れてくる。

「いけませんね、私ったら。旦那様に悦んで頂けることが妻の務めですのに……」

冬美はそばの岩に両手をつくと、ぐっとお尻を突き出した。

「さあ、改めて私の中へいらっしゃって下さいませぇ」

粘り着くような声と一緒に、肉付きの良い扇情的な下半身を揺すった。すでに少し口を開いた陰唇からは襞がはみだして下品にも見えかねないのに、ここまで大胆に振る舞ってくれているのは、巧を想ってくれた結果だと分かればこそと、胸が高鳴った。

「冬美さん、おまちどうさま。気持ち良くするからっ」

「ふふっ。いいえ、私が気持ち良くして差し上げるんですわ。さあ、いらっしゃって」

巧は頭が下がりそうになる母性愛に口元を緩めながら、潤みの中へ長大な剛直を埋没させた。

グチュグチュッゥッ！

「ひあああああああんんッ！」

冬美は岩を抱くようにしながら身悶えた。

戦慄く嬌声は、降り続く雪のベールの中で淫靡に尾を引きながら反響する。

根元まで埋まった肉塊を出迎えてくれたのは体温よりもずっと高い、火照った秘壺。

雪の降りしきる中、野外エッチで温もりを求めるのは巧の方だった。

根元までぴっちりと吸い付いた上で、優しくしゃぶってくれる可愛らしい襞を均《なら》すように腰を遣う。

彼女の逆ハート型の水蜜桃を腰で叩くたび、ぷるんぷるんと艶めかしく波打った。

冬美は腰を引くときよりも、押し込む時の方が反応がいい。

「ああっ、アアッ！　旦那様のあそこが私のエッチな場所を押し広げていますわッ……あぁっ、とっても嬉しいですわ！」

「僕も気持ち良くなれて嬉しいよっ」

「あああん、そうでは……ありませんわ」

「え？」

「こうして旦那様が積極的になって頂けたことが嬉しいんです……。ここに来た時は何をするにでも遠慮深く、優しさよりも頼りなさの方が強うございましたもの」

確かにそうかもしれない。美しい妻たちが手ずから求めてくれるようになって、元恋人のことを思い出す回数が少なくなっていき、今ではもう何も思うことはない。

忘れたというのとは違う。

もっと大切な人たちとの出会いを通し、過去へのこだわりが無くなったのだ。

その時、手をパンパンと叩く音がした。

「はいはい、そういう良い話はいいから。そんなことよりも巧、なあに姉さんの中で感慨に耽《ふけ》っちゃってるわけ？　私のおま×こはそんなに物足りなかった？」

「ち、違うよ。薫さんのおま×こ、すっごく気持ち良かっ……ううぅっ!?」

不意に剛直に絡みつく膣壁の締め付けがきつくなり、呻いてしまう。

冬美がこちらに顔を向けて、甘く睨んでいた。

「旦那様。今はたとえ妹といえども、別の女性の話をするべきではありませんわ。今は私だけの旦那様、私だけの旦那様のあそこなんですからっ！」

薫がにやつく。

「そんな言い方、ないでしょ。私が折角こいつと愛し合うってのに、邪魔してくれちゃって。もっと長く出来たのにぃっ！」

先程放出した樹液が染み出し、薫の内股を伝い流れていた。

「ほら、巧。さっきの続き、するわよ？」

「え、続きって……」

「愛し合う続きに決まってるじゃん」

「でも！」

「問答無用」

薫は巧の顎を摑んだかと思えば唇を乱暴に奪い、唾液まみれの舌鋒をねじこんでくる。嚙み合うような濃厚な口づけを薫主導でやられ、唾液を注ぎ込まれるがままに呑み込んでいく。

冬美が目を剝く。

「か、薫ちゃん！　何をしているんですか!?」

「さっきの姉さんの真似。散々邪魔してくれちゃって。どんなにもどかしい気持ちになるか思い知った方がいいからっ」

薫は巧の背に双乳を密着させると、巧の腰を両手でつかんで乱暴に前後に動かした。

冬美は「あああんっ！」と上擦った嬌声をこぼす。

「か、薫ちゃん、や、やめなさいぃっ……ひィン!!」

逞しい逸物にかき混ぜられた秘処からは、ぱちゅん、ぢゅぷぷっ、ぐっぴゅっと淫らな音が溢れ、いやいやとかぶりを振った冬美は頰を紅潮させながら悶絶した。

「ふふ。姉さんってば、やらしーっ。そんなにでかい胸を恥ずかしげもなく揺らしちゃって……。乳首だって石みたいにカチカチ」

巧とのキスをほどいた薫は、律動のリズムに合わせて前後に揺れる、たわわな双丘をむんずと握りしめ、触って欲しそうにピンッと勃起した乳首をギュッと強く抓《つね》った。

「ひいぁっ！　ぁあっ！　だ、駄目よ、薫ちゃん！　いやらしく勃起した乳首を摘まんだり、転がしたりしちゃ駄目ええッ！　旦那様を気持ち良くして差し上げなければならないのに私が蕩けちゃうわ！」

「姉さんってばノリノリじゃん。感じやすいし、エロエロ」

「あああん！　こ、これ以上は許してぇ！」

（二人ともエッチ過ぎるよっ！）

姉妹の紡ぐ淫らなやりとり。こんなにも激しいやりとりをするのは、二人が酔っているからなのか。その際限ない卑猥さに、冬美の膣腔を押し広げている逸物がビクビクッと反応してしまう。

「ひああんっ！」

巧は動揺しながらも、腰をゆっくりと前後に動かせば、接合部では泡立った体液がわだかまる。

薫に促されてもいないのに、巧は力強く子宮口を穿《うが》つ。

「ひあああッ！　だ、旦那様ぁっ!?」

突然の一撃に冬美は眉をたわめて、悶絶する。締め付けの強さで軽く達したのが分かった。

薫が囃《はや》し立てる。

「いいじゃん。もっと姉さんをいじめなよ。私も姉さんをいじるから」

「か、薫ちゃん！　ご、ごめんなさい。私が悪かったわぁっ！」

「駄目駄目。ほーら、姉さん、お酒よぉっ」

また徳利を空にすると、口づけで姉に地酒をふるまう。

「ふぁあああっ」

唇を唾液と酒で艶々させた冬美は、すっかり出来上がってしまっているようだ。さっきよりも大きく下半身を動かし、自分から雄棹を貪りにかかってくる。

「冬美さんっ!?」

このまま冬美に促されるがままに射精するのは嫌だと、腰を打ち付け返して、さっきよりも近くなった子宮口を押し上げる。

「旦那様のあそこが私の行き止まりを捏ねてますわっ！　はあっ、はぁぁっ……ンンッ……旦那様、もっともっとあそこで私の中をかき混ぜて下さいませぇ！　ああっ……妹におっぱいを揉みくちゃにされながら物欲しげに、エッチなお汁をお漏らししちゃってる変態妻におしおきしてくださいませぇ！」

「姉さんがこんなにいやらしくなっちゃうなんて。元々？　それとも巧に犯されちゃってるから？」薫はますます挑発的に姉を責める。

「アア！　それはもちろん旦那様のあそこを受け入れているからよぉっ！」

貞淑な女将の仮面の向こうにあった、ケダモノの表情。しかし巧はそれを嬉しく思う。冬美の全てを愛したい、子宮を自分の子どもで独占したい。そんな支配欲にかられ、大きなグラインドで愛液をますますかき出しながら膣洞を間断なく掘削する。

「ひぁっ！　はああっ！　ンッ！　ヒィッ！　いやぁっ！　ひゃあっ！　嬉しいですわッ！　旦那様がこんなにも私のあそこをかき混ぜる為に全力できてくれることがぁっ……アアアアンッ！」

冬美は子宮ごしに全身に注ぎ込まれる、征服される愉悦に酔い痴れるように、雌牛のようなバストをたぷんたぷんと荒々しく暴れさせながら悶絶した。

双つの豊かな母性の象徴がぶつかりあい、乾いた音を立てた。

その肉付きの良い官能的な肢体を、いつも貞淑で気品のある着物の下に隠し持って接客に励んでいると思えば、さらに巧の劣情が高まる。

パンパンパンパンッ！　力強い律動を見舞いながら、冬美の大きなお尻をこれでもかと打擲《ちょうちゃく》する。

「ああっ！　はああっ！　旦那様、アアッ……そんなに力強く腰を振ってまで私を犯して下さるなんて、妻冥利に尽きますっ！　ひいいいい！　お、思う存分、突いて下さいませぇ！」

「それじゃあ遠慮無く……」薫はにやりと笑った。

「薫ちゃんには言ってな——ひいいいいッ！」

薫が姉の乳首に爪を立てれば、彼女の口を突いて出たのは痛みに悶える声ではなく、悩ましい嗚咽。

そんな風にはしたない女将をよがらせる妹は、上半身を伸び上がらせて桃尻を捏ねたり、形を拉《ひしゃ》げさせることに余念のない巧の唇を塞ぐ。

巧はさっきのように翻弄はされまいと、今度はねちっこい舌遣いで薫を責めた。薫もそれを受け入れながら唾液の交換を紡ぐ。途中、掬いきれなかった唾液が糸を引きながら湯面に滴るのも無視した野生的な口づけ。

腰遣いにも尚更熱を込め、泥濘を思わせるような冬美の媚壺をますます蹂躙する。深い場所でなく浅い場所を笠肉で擦り、緩急をつけて奥を穿つ。

「ああんっ！　だ、旦那様、もう……っ！」

首筋までねっとりと紅潮させた冬美が極まりかけ、肉感的な身を震わせた。

「冬美さん、僕も……！」

「い、一緒にイって下さいませ。か、薫ちゃんでイかせないで！」

出る、と小さく呻いた巧。戦慄く肉棒より迸る波濤の樹液が、冬美の子宮をみるみる灼いた。

「イクぅ……イクッ！　旦那様の子種が私の子宮にもたらされて、アアアッ……体中が悦んじゃって……イックウウウウウッ!!」

花びらというにはあまりに淫らで貪欲なビラビラが執拗な伸縮を繰り返し、いつまでも肉棒を秘処へ留めておきたいと訴えてくるのを強く感じる。

尿道に残った分の子種まで根こそぎ奪われるかのような蠕動運動を紡ぐ媚肉。

巧は射精の余韻に茫然とする。

肌に落ちた雪の冷たさが、昂奮して火照った肌に清々しかった。

第五章　甘泣き三姉妹

巧が廊下を歩いていると、これから本館に出勤するところの真由と鉢合わせた。

彼女は薄い黄色に白い花びらの舞う柄の着物姿だ。

「真由ちゃん、仕事頑張ってね」

「ありがと。……ね、今日の午前零時に玄関前に来て」

「そんな夜遅くに？」

「いい場所があるから、そこで二人っきりになろう。……ね？」

真由は恥ずかしそうに頬を染めながら耳打ちしてきた。

これまで何度も我を忘れてエッチに乱れてくれているというのに、初々しいままの真由に鼓動が高鳴った。

「わ、分かった」

「お姉ちゃんたちには内緒、だからね？」

もちろん、と巧は頷いた。

約束の時間に、巧は忍び足で玄関前にやってきた。

真由が頻《しき》りに周りを気にしながら待っていた。

「行こっ」

「待って」

真由が歩き出そうとするのをやんわりと押しとどめ、巧は真由の持っていた傘を受け取り、そっと彼女の肩に手を回して自分の胸にぐっと引き寄せ、傘を差した。

眉は頬を染めて、もじもじした。

「あ、相合い傘とか……」

「でもこっちの方が良くない？　嫌？」

「……まあ、巧がしたいんだったらいいんじゃない？」

「ありがと」

真由に指示されながら山を上っていく。毎朝通《かよ》っている祠《ほこら》に続く道とは別だ。降り積もっている柔らかな雪に足を取られないよう注意をするが、足が埋まるとそれを抜くのが大変だった。

真由は笑うと、そっと手を引っ張った。

「来て。歩きやすい道を案内してあげるから」

「あ、ありがと」

真由は道を選びながら、すいすいと歩いていく。しばらくして木々の合間から靄のようなものが出ているのが見えた。

「あれは……？」

「湯煙。ここにはね、私たち、安達家の人間だけが入れる特別な天然温泉があるの。名付けて、子宝の湯」

「こ、子宝……」

思わず生唾を呑み込んでしまうと、真由は笑う。

「期待しすぎ……って言いたいところだけど、期待していいよ。サービスだって、うーんとしちゃうんだから」

小屋が見えてきた。どうやらそれが脱衣所らしい。男女には分けられておらず、まずは真由が先に入るという。外でしばらく待っていると、小屋から「いいわよーっ」と声がしたが、次の瞬間、「きゃあああああああ！」という絹を裂く悲鳴が響いた。

「真由ちゃん!!」

巧が小屋を抜けて温泉に出ると、湯船にはすでに先客がいて、真由は驚きのあまり腰を抜かしてへたりこんでいた。

「ふ、冬美さん？　薫さんっ!?」

「ど、どうして二人がここにいるのよぉ！」真由が悔しそうに声を上げた。

薫がニヤニヤする。

「巧が挙動不審だったから、何かあるって考えてねー。姉さんに聞いても知らないって言うし、私も知らないって事は、残るは真由。で、真由が考えそうなことを予想して、先回りしてたワケ。真由、あんた、旅館でスキップしてたし」

「うっ……」

冬美がやんわりと言う。

「そんなことはどうでも良いではありませんか。ここに私たちが揃ったのも何かの縁ですし……」

「縁じゃなくって策略でしょ!?」真由が批判する。

「じゃあ真由はそこでいじけてなさいよ。——巧は、どうするっ？　帰る？」

冬美と薫は一糸まとわぬグラマラスな肢体を、これみよがしに誇ってみせる。そんな垂涎《すいぜん》のボディを見せつけられたら、脱ぎかけたズボンの股間はみるみる窮屈《きゅうくつ》になってしまう。

「真由ちゃん、みんなで入りましょう。ね？」

冬美に言われた真由は立ち上がった。

「……そうよね。ここで薫姉に負けてられないんだからっ！　……服は私が脱がせてあげるから。——やだ、巧のここ、もう窮屈になっちゃってるじゃない。すっごくエッチ……っ」

「あらあら。微笑ましい新妻ね」冬美は口元を緩めた。

真由はへそに引っ付かんばかりに昂ぶる陰茎を前に頬を桜色に染めて、一緒に手をつないだままかけ湯をして湯船につかった。少し熱めのお湯は普通の温泉とは違う。

「うわっ！　す、すっごくヌルヌルしちゃってません!?」

お湯は牛乳風呂のように白濁していて、質感が全然違う。身体に絡みつくようにトロトロしていた。

冬美が言う。

「ここは子宝の湯。安達家の秘湯なんですよ。お肌がツルツルになるし、それに精力増進の効果もございますわ」

巧が湯船につかれば、冬美たちが身体を寄せてくる。

ムチムチの美巨乳が密着してくれれば、硬く痼った乳頭の刺激にゾクゾクして、逸物がビクビクと反応してしまう。

巧は、三人の愛妻たちを見つめる。三人は瞳を潤ませ、頬を艶めかしく染めていた。

冬美と迎えた初夜では、彼女は巧の望みを叶え、女性を愛する多彩な手段と、女性を悦ばせる嬉しさを教えてくれた。

女王様気質な薫が逸物を求める求愛行動は、とても女性らしく嫋《たお》やかだった。そんな彼女は女性を気持ち良くしようとがむしゃらになること、献身的になることを教えてくれた。

幼妻である真由は最初は乗り気ではなかったものの、結果的に巧を受け入れてくれた。彼女との時間を通して、愛する人を持てる喜びを教えてもらえた。

（こんどは僕が恩返しをするんだ！）

都会から逃げるように婿入りした巧に居場所を――最高の夫になるチャンスをくれたことへの感謝を少しでも妻達に行動で伝えたい。

巧は自分の意思で腰を浮かせると、湯面から肉杭を露わにする。

「三人とも、しゃぶって」

三人の美しい妻は巧の言葉に頬を緩める。

「旦那様のお望みであれば……」

「へえ。要求なんて珍しいじゃん。新鮮でいいわねっ」

「お姉ちゃん、薫姉。巧を気持ち良くするのは私だから負けないよ」

三人のとろとろの湯水に包まれた手の平で、幹肉を握りしめられる。

「うっ！」

まるでローションを塗りつけられるような、ヌルヌルした質感で腰が戦慄く。

「旦那様、とーってもビクビクしちゃってますわ」

冬美が微笑み、薫が秋波を送りながら挑発気味に唇を舐めた。

「あんっ。それにしても本当に敏感ね。随分このお湯が気に入ったみたいじゃん。血管を浮かべて昂奮しちゃって……」

「巧。私が気持ち良くしてあげるから。イきたくなったら、いつでもイっていいからね」

三人が太ましい屹立に唇を寄せる。

冬美は横笛でも吹くみたいに棹茎に舌を這わせ、薫は広がった笠肉を甘噛みするようにベロで縁取る。真由は亀頭冠を「あむぅっ」と咥え込んでくる。

温かな口内や唇、舌で刺激されると、腰がビクビクと戦慄く。

「ううう！　三人とも、気持ちいいッ！」

早くも我慢汁が溢れてしまうそばから、真由に啜り飲まれた。尿道口をほじくるように舌を使われ、鋭い快美電流が腰椎《ようつい》に突き刺さる。

口づけという愛情手段がこうも淫らに使われることに、倒錯的な気持ちに陥《おちい》ってしまう。

薫が抗議する。

「ちょっと！　真由！　独り占めするんじゃないわよ。私たちにも残しておいてよ！」

「んぢゅっ、レロレロォッ！　約束は出来ないかなぁ……ぢゅるるるっ！」

唇を唾液と溢れる我慢汁とでヌルヌルに汚す真由は、おしゃぶり愛撫に熱中した。

冬美が笑う。

「薫ちゃん。私たちには私たちにしか出来ないことをして、旦那様に気持ち良くなって頂ければいいだけなんですよ。競争ではありませんから」

「あー……そうね」薫は察したように笑う。

そう言ったかと思えば、真由が鉾先《ほこさき》をしゃぶっている中、二人はヌルヌルまみれの乳房で棹肉を左右から圧迫するように押しつけてきたのだ。ぷりぷりの乳肌とお湯との相乗効果で、吸い付き具合、密着具合が深まれば、剛直は歓喜するように戦慄いてしまう。

豊満なバストに圧迫されているのに少しも苦しくないどころか、手の平がすっぽり収まってしまいそうなくらい深い谷間に収められ、ぐいぐいと擦りつけられる。

我慢汁は真由に独占されてしまっているが、このお湯が抜群の潤滑油となってキメの細かい乳肌をより淫靡な光沢で彩り、肉棒に馴染んでいく。

冬美が微笑んだ。

「あんっ……旦那様の逞しいものがビクビクって嬉しそうに震えてますわっ。そんなに気持ち良いですか？」

「姉さん。最高に決まってるじゃん。私たちが恥ずかしいのをこらえて、おっぱいで挟んであげてるんだし」

そう言いながらも薫は恥じらうどころか、積極的に乳肉を押しつけてくる。

「ふ、二人のおっぱい、すごくいいよ！」

すべすべの軟乳が吸い付きつつ、笠肉を巻き込みながら絞り上げられてしまう。

ヌルヌルのお湯が絡みつき、より深い吸着感で海綿体を刺激して貰える。

「うう！」

そんな状況でじっとはしていられず、巧は弾ませるように腰を動かさずにはいられない。

真由がびっくりしたように目を白黒させた。

「んんっ!? ちょ、ちょっと！　巧ぃ、どうして私がしゃぶってあげてる時には動かないくせに、お姉ちゃんたちで動くわけっ!?」

「ごめん！　でも、これっ！　このお湯が凄すぎて……！」

二人の乳肌が雄根をすっぽりと覆い隠しながら、ぷるぷるの柔肌がぶつかりあい、乳の表面が艶めかしく波打つ。

実際に揉まれるのと同時に、見た目でも劣情を煽ってくる。

淫靡な光沢をたたえた爆乳が、たった一人の夫のために使われ、二人が自分の谷間で夫を満足させようと躍起になって、妍《けん》を競ってくれる様は壮観だった。

冬美と薫がそれぞれ左右のバストを擦り合わせながら開いて見せれば、谷間では擦り合わされたヌルヌルの湯が何本もの糸を引く。

冬美は頬を染めた。

その雪肌は紅潮して、汗が額から流れて顎で雫を結ぶ。

「旦那様が悦んで下さって嬉しゅうございますわ。あんっ……私たちの望みは旦那様に気持ち良くなって頂くことなんですものぉっ」

薫も妖しい光を双眸で閃《ひらめ》かせた。

「ほらほらぁっ。私たちのおっぱいで、あんたのち×ぽが、揉みくちゃにされて悦んじゃってるわっ。見えてるでしょ？」

肉感的な双乳が勃起肉を巻き込みつつ、締め上げてくる。

ぬっちょ！　ぐちゅっ！　ずっちゅっ！　ぶちゅっ！　ぐちゅっ！

バストに絡みつくお湯が、糸を引きつつ泡立つ。

巧は冬美と薫の勃起乳首に爪を立てて、絞り上げる。

「ひあああああんっ！　旦那様ァッ、あん……爪を立てられてしまったらビリビリしちゃいますわっ！」

「ひいンッ……た、巧ぃっ！　あんっ！　本当に今日は積極的ィッ！　もっともっといじって！　気持ちよくしてぇっ！　私たちもそれ以上に気持ちよくしてあげるから！」

二人は身悶えながら、ますます激しく男根を弄ぶ。

巧はお尻に力を込めて、沸々《ふつふつ》とこみ上げる射精欲求をこらえようとするが、二人の美巨乳のとろけるような柔らかさと弾力感に責め苛《さいな》まれて、あっという間に限界を迎えてしまう。

「で、出ちゃうっ！」

巧は腰を荒っぽく弾ませながら、包み込んでくれている乳の内側を執拗に抉り続けた。

真由は、鈴口の震えで涙目になる。

「わ、私の唇で気持ち良くなってくれなかったのは悔しいけど……このまま出して！　あん、私が全部受け止めるからぁっ！」

「ううっ‼」

男根が戦慄き爆発し、勢い良く子種汁がしぶく。しかしあまりの射精の勢いに真由は受け止めきれず、亀頭肉を口からこぼしてしまう。

びゅるびゅるぅっ！　勢い良く迸った子種が、三人の妻たちの美しい顔立ちをヌルヌルと汚すのはもちろん、胸元をもネットリと汚し尽くす。

三人は飲んでいないはずのアルコールに酔いしれるように、目元を潤ませ、頬を染めた。

冬美が身動《みじろ》ぐ。

「ああっ……旦那様の元気なお汁が飛び散ってぇ……ンンッ……素敵ですわぁっ。

一番搾りはやっぱり濃厚なのですわねぇ」

　薫は口元を濡らす樹液を舐めとる。

「んふふ。私たちのおっぱいがよっぽど良かったのね。こんな暴発気味に出しちゃうなんて。いつものあんたなら、もーっと我慢したいって思ったはずなんだもん」

「あんっ……巧ぃ……ご、ごめんね。ちゃんと飲んであげられなくって……」

　真由は、巧の精液を手の平で弄び、それを何の迷いもなくしゃぶる。

　数週間前の彼女からは考えられない熱烈な愛情表現に、昂ぶった股間はますます漲《みなぎ》った。

　冬美はそんな雄の象徴である股間を、うっとりとした顔で見つめ、しなやかな白魚の指先で天を衝かんばかりに勃ち上がる逸物を、裏筋をなぞりながら刺激する。

「ふふ。旦那様のここ、とても素敵。まだとても逞しいままですわ」

「冬美さんを気持ち良くしたいです……っ！」

「あん……嬉しい御言葉ですわぁ。どうぞ、私で良ければ存分に旦那様の逞しいもので可愛がって下さいませ！」

　一方、薫と真由からは非難囂々《ごうごう》だ。

「ちょっと姉さん！　何をどさくさに紛れて、一番乗りしちゃおうとしてるわけ!?」

「あんっ、巧ぃ！　私をまず最初に抱いてよぉっ！」真由が駄々をこねる。

冬美は優越感をたたえて、微笑んだ。

「これは長女としての特権ですからね。二人ともそんな我が儘はいけませんよ」

巧も二人に言う。

「終わったら、すぐに二人ともエッチするからねっ」

冬美が頬を膨らませた。

「旦那様。でもすぐには終わらせないで下さいね。私だってずっと大切な場所で、旦那様のものをいつまでも感じていたいくらいなんですもの……」

「もちろん冬美さんも、しっかり満足させるよっ！」

冬美はにこりと微笑んで岩場に背をもたれかけさせれば、巧に向かって大胆に股を開帳し、右手で秘処を開いて、ここに来て下さいと淫靡なアピールをしてくれる。

その歓迎を受け入れた巧は、戦慄く怒張をゆっくりとその脈打つ振動まで染みいらせるように、蜜孔へ密着させる。

「冬美さんのここ、びしょ濡れだね。とってもいやらしくなってますっ」

「ああんっ……と、当然ではありませんかぁっ。旦那様と一つ《おんな》になれるんですもの！　はぁっ……ぁあっ……これで幸せな気持ちにならない妻はいませんわ！」

「僕も同じ気持ちだよ。こんな素敵な奥さんに求められて、幸せな気持ちにならない夫《おとこ》はいないよっ！」

力づくでこじ開ける必要はない。蜜口と逸物の鉾先とを重ねれば、彼女の媚孔は優しく根元まで受け入れてくれる。

腰同士をピッチリと重ねる抱擁感に、劣情をかき立てられた。

「あああっ！　旦那様の逞しいあそこに、私の行き止まりが押し上げられてますわ！」

冬美は陶然と身を捩《よじ》った。

「冬美さん、いつもより子宮が近いね」

「あんっ……はあっ……決まっておりますわ。あんなに濃厚なお汁を、身体にかけられてしまったんですものぉ！」

向かい合う正常位の格好で、眼前で蠱惑的に揺れる双つの起伏を少し強い力でまさぐり、乳頭を抓る。

「ひいいいん！　だ、旦那様ぁっ、私のおっぱいを気に入って頂けて嬉しいですわ。ンンッ……もっともっと可愛がって下さいませぇ！」

巧は、パン生地を捏ねるように両手を一杯に使って、思う存分揉みしだく。

水風船のような張りを備えながら、もっと柔らかく、どれだけ握っても割れることのない豊満な胸丘に自分の指の痕《あと》をたっぷりとつけた。

「冬美さんのおっぱい、いやらしいねっ」

「あぁぁんっ！　あ、ありがとうございます。全て旦那様のお陰ですもの。貴方がこうして私のおっぱいに夢中になって下さるから……ンゥウッ……！　私の身体が旦那様の好みに変わっているんですわっ」

いつまでも握っているだけでは物足りなくなり、巧は唇を寄せて甘噛みしながら、唾液を交えてヂュルッヂュルッと啜った。汗だくの肌は温泉特有の匂いなどものともせず、噎せ返るような女の香りを強くしていた。

「あああああああんっ！」

身悶える冬美は、両手で巧の頭をいっぱいにかき抱くようにしながらムチムチの爆乳に顔面を押しつけさせ、甘い窒息感を味わわせてくれる。

「アアアンッ……も、もっとしゃぶって下さいませぇ！　旦那様におっぱいを弄って頂けると、幸せになりますわっ！」

「僕も冬美さんのおっぱいを感じて、ゾクゾクするくらい幸せです！」

「私たち、相思相愛なんですわねっ！」

「当然だよっ！　僕たちは夫婦なんだからっ！」

その言葉に目元を赤らめ、口をだらしなく半開きにしてよがっていた冬美は、いてもたってもいられないという焦燥感に駆り立てられるように叫ぶ。

「あんっ！　早く、私の子宮に旦那様の子種を植え付けて下さいませぇ！」

その期待に応えるように、巧は腰を前後に弾ませる。

しかしここが特殊な温泉だということを忘れていた。

ローション顔負けのヌルヌルのお湯のせいで、ペニスが一気に抜けてしまう。

「あああんっ!?　旦那様ぁっ!?」

「ご、ごめんなさい。ちょっと動きの加減が難しくって……」

「でしたら、私が上になって……」

「いえ、僕が何とかしますっ」

再び挿入したかと思えば、巧は冬美のボリュームのある臀丘をむんずと握りしめて立ち上がった。対面立位の格好で繋がったまま、腰を前後に振る。

「アアッ……だ、旦那様の逞しいものが刺さりますわ!!」

冬美は長い髪を振り乱して、嗚咽する。

今の体勢では彼女自身の重みもあいまって、実際以上にずっと深く男根の存在感を感じているはずだ。

ぬるぬるのお尻はいやらしい光沢をたたえ、カラを剝いたゆで卵みたいだった。

桃尻に指を深く食い込ませ、リズミカルなグラインドを紡ぐ。

パン！　パン！　パン！

「ひあっ！　はああっ！　ひぃぃぃぃぃんっ！　ぁあああんんっ！　さっ、刺さっちゃいますぅっ！　旦那様の素敵なモノがブズブスって突き刺さるぅぅぅぅ！」

冬美にしがみつき、両足を腰に寄り添わせて深い結合感を貪欲に求める。

そのたびに彼女のその大きさゆえにハの字に垂れた乳房が、ふるんふるんと悩ましげにたわむ。

と、そんな熱烈な愛交の真っ直中に忍び寄ってきたのは薫と真由。

「……へえ、姉さんをここまで翻弄するなんてやるじゃん。ふふ、姉さんもエッチな汁をこぼしながら、ちょーエッチに感じまくってるし」

真由は興味津々だ。

「巧。そんなにいつも激しく腰を振るんだね。私の時もそうなの？　何か、見てるだけでドキドキしちゃうよっ」

突然の妹たちの乱入に、冬美は目を白黒させる。

「ちょ、ちょっと！　邪魔をしては、いけませんっ！」

しかし冬美の背後を取った妹たちは、それぞれ冬美の右側に薫、左側に真由という調子で普段は滅多に見られぬ、牝の顔をさらす長姉の乳房をまさぐりながら、滝のように汗の流れる首筋に舌や唇を入念に吸い立てた。

「うううう！」

刺激が直接的に膣の締め付けとなって伝わり、今にも食いちぎられんばかりの咥え込む力に、巧の逸物が囚われた。

冬美は男好きのする魅惑のボディを艶めかしく揺さぶりながら、妹たちからの刺激から逃れるように巧に密着してくる。

巧の胸板でふくらみが拉げ、乳頭が突き刺さらんばかりに押し当てられる。その上で冬美は上半身を身動がせる。吸い付いてくるすべやかな乳肌と、汗が練られるようにブチュブチュと淫靡な音をたてた。

冬美の桃尻を思う存分握りしめる巧は奥歯を噛みしめながら、腰の動きを加速させた。大きな律動で膣穴を攪拌するだけでなく、浅瀬から最深部まで一息に肉の楔《くさび》を突き立てて蹂躙する。

「旦那様のあそこ、気持ちいいですっ！　旦那様の逞しさに私、メロメロですわっ！」

森閑とした森の中の秘湯で、発情した冬美の喘ぎ声が甘美に響き渡った。

冬美の両腕が巧の首に回されると、彼女もまた柳腰を揺らして、巧の男根を深くで実感しようとする。

巧と冬美の動きが噛み合えば、パンパンパンッ！　と小気味良い音が爆ぜた。

彼女の子宮口を切っ先で感じるたび、快感電流が腰を貫いて膝が笑いそうになるが巧はここで恥はかけない。全身全霊で快感を注ぎ込むように冬美の胎内を蹂躙する。

「ぁあっ、はあっ、ぁぁあんっ……旦那様ぁっ！」

快感に溺れかける冬美は助けを求めるように、巧の唇にねちっこく吸い付く。

舌を絡め、唾液を浴びるように貪り合う。

下品に濁った音が弾けると、巧の頭の奥の奥までゾワゾワした。

薫と真由が「あんっ！」と羨ましげな声を漏らす。

「姉さんがそんなにいやらしいキスをする人だったなんて知らなかった。そこまでそいつのことが大好きってことよねぇ。――まあ、私もなんだけど」

「巧！　大丈夫？　そんなに激しく動いちゃって、私とエッチする体力は残ってる？　あん、お姉ちゃんたちってば、ひどい！　私が巧を独占するはずだったのにぃ!!」

真由はもう我慢できないとばかりに、キスに乱入してくる。唇を寄せ、舌を絡め合う巧と冬美に、自分の舌を押し出してきたのだ。

薫もまたその波に乗って、口づけに参戦する。

「ふ、二人とも⁉」

二人は舌を這わせて、巧からもたらされる唾液を冬美から横取りする。

「あんっ！ ふ、二人とも！ 姉である私から取ろうとするなんて！ あんっ！ 今の旦那様の唇は、私だけのものなのよぉっ！」

一番の年長であるはずの冬美は取り乱して、駄々っ子のような反応をする。

その反応の可愛らしさに高揚感が生まれる。

「ぁひっ⁉ だ、旦那様のが大きくなって……ヒイインンンッ‼」

冬美が腰に足を回して締め付けることで律動を刻むことがままならなくなり、同時にこみあげる射精欲求が滾ったこともあいまって、愛妻の紅唇の最奥をゴリゴリと抉るように削る。

「はあああんっ！ 旦那様のあそこが私の奥をごりごりするの、分かっちゃう！ 頭が馬鹿になってしまうくらい快感に溺れちゃいますぅ！」

腰のうねりをますますヒートアップさせ、限界間近まで痙攣する男根で最後の最後まで冬美の子宮を押し上げ続けた。

「出るッ！」

溢れるマグマを、冬美の膣内めがけて迸らせる。

「イ、イクぅぅぅッ！　旦那様の熱々でドロドロしたのが、わ、私のあそこを塞いでしまいますわぁっ！　子宮のお口、窒息しちゃうぅぅぅぅ……イック……イクウウウウウウウウウッ!!」

勢い良く解き放たれた子種の塊が子宮口をべったりと灼き尽くせば、冬美はボリュームのある黒髪を振り乱す。さらに肉体の方は、巧が腰を引こうとするのを察知するや、尿道の残滓《ざんし》の一滴まで余さず吸い付くさんばかりに、子宮口と腰とをしっかりと離れがたく接着させてくるのだ。

やがて膣内から陰茎が、ビクンッと力強く跳ねて飛び出した。

次の瞬間、薫に顔を掴まれ唇を深く吸われる。さっきのもどかしい口づけの分を取り返すように荒々しく、ねちっこい執拗な口づけに巧は酸欠気味になってクラクラしてしまう。

薫は湯船を囲っている岩に手をついたかと思うと、巧に逆ハート型の肉尻、そしてしなやかな美脚を一杯に突き出した。そして巧の眼差しが自分の秘めた場所に向いていることを確認すると、まるで犬が放尿でもするかのように右足を高々とかかげてみせたのだ。それに伴《ともな》い、陰毛に囲まれた牝裂がこれでもかとばかりに誇示された。

いや。秘処ばかりでなく、そのすぐ上にある綺麗なすぼまりまであられもない。

一面白銀の雪景色の中、可憐な花肉の鮮やかな鴇色に目が惹《ひ》き付けられる。

薫は流し目を送ると、右手で割れ目をこじ開けた。

丹念にかき混ぜて白く濁った水飴のようなお汁がラビアから染み出たかと思えば、トローッと糸を引いて落ちた。

薫はニヤッと妖しく微笑む。

「お尻の穴に興味があるのは分かるけど、それは後で。今は妊娠することが一番の目的なんだからぁ。ね？」

「わ、分かってますよ！」恥ずかしくなって頬を染めてしまう。

「だったら思う存分突いちゃってよ。でも赤ちゃんの素が、姉さんよりも少ない量だったら怒るからね？」

「分かりました！」

巧は意気軒昂とした肉杭を、蜜孔めがけ突っ込んだ。

ズブリズブリと長大な肉棹を埋没させ、基底部を突き上げる。

「き、来てるッ！　あんたのデカち×ぽで、私のあそこを貫かれちゃう……ンンッ！」

薫はしなやかな曲線を描く背をグッと仰け反らせ、総身を汗でヌルつかせ、双丘をふるふるんと悩ましげに弾ませた。

右足を高々とかかげたことで、雄根を孕んだ蜜孔が限界までパッパツに押し広げられている様が、生々しいくらい丸見えになっていた。

巧はしなやかな薫の右足を抱きしめながら、さらに深い所を穿つ。

「ヒイインンッ！　押し上げられるぅ！　ああん……あんたのち×ぽが子宮口に突き刺さって、ビクビクしちゃってるのが伝わるわっ！」

薫は切なげに双眸を潤ませ、セミロングの髪から覗いた耳は真っ赤に紅潮していた。

結合した部分は次々と分泌される蜜まみれになり、柔襞の群れがうねうねと伸縮を繰り返しながら蠢《うごめ》く。

しかし結合した余韻に、いつまでも浸ってはいられない。

すぐに腰を前後に動かす。

柔洞をほぐすように間断なく抽送を浴びせた。

「ひああっ！　はあっ！　んぅぅっ！　ふ、深いぃっ！　もっともっと抉って、腰を動かしてぇっ。さっきの姉さんの時よりも、ずーっとずっと気持ち良くしないと許さないからぁっ！」

余裕があるのかないのか、薫は腰を何度も打ち付けられたことで真っ赤に腫れ上がっている桃尻をくいくいっと揺らして、妻というにはあまりに淫らがましい発情ダンスを紡ぐ。

「ほ、ほらっ！　もっと早く腰を動かして私の子宮をズンズン突いて、妻をメロメロにしなさいよっ！　そうじゃなかったら妊娠してあげられないじゃない！」

非難がましい目つきをしながら、半開きになった薫の口元からは桃色の吐息が絶えずこぼれている。

「もちろん！　大好きな薫さんのおま×この奥の奥まで、僕のち×ぽで征服して、妊娠させるからっ！」

期待に応えたい。薫を満足させたい。

夫としての責務と同時に、牡としての本能に突き動かされるように間断ない腰つきで、蜜壺を削ぐように攪拌する。こぼれた牝汁が潤滑油となって、子宮口を突き上げる、さらなる推進力になる。高揚していく肉体。汗の雫が背筋を流れていく感触すら分かるくらい、全身が敏感になっている——その時、お尻に刺激が閃く。

「うっ!?」

思わず動きを止めて振り返れば、目元を上気させた冬美が巧のお尻に顔を埋めつつ、肛門を入念にしゃぶっていたのだ。お尻の表面ではない。肛門の表面、その皺を一本一本なぞるかのような細やかな舌遣いだった。

「ふ、冬美さん!?　な、何してるんですかっ!?」

「決まってますわ。旦那様に気持ち良くなって頂こうと……」

「汚いですよ!?」

「旦那様ったら……。お風呂は身を清める為にあるんですよ？　妻が清らかにすればいいだけのことですもの」

本当に何もかも包み込んでしまうような、過剰な母性愛。しかしもたらされるのは性的な甘美。それはこれまで知らない種類のもの。恥ずかしい場所を舐《ねぶ》られているのに、生理的嫌悪よりも、ひとりでに膝が笑うような妙な疼きを覚えてしまう。そんな自分が嫌なのに、病みつきになってしまうのだ。

「んちゅっ……ねろぉっ、ねろぉっ……ンンッ……旦那様のお尻の穴、とってもヒクヒクしちゃってますわねぇっ」

冬美は口元を涎まみれにしながら、淫靡な水音を交えて貪欲にしゃぶってくる。

「ううう！」

薫が振り返った。

「巧ぃ！　何をグズグズしてるのぉっ！　早く動きなさいってばぁっ！　ほらぁ！」

薫は焦れたように自分から腰を動かすが、広がった笠肉に擦られることでその動きは中途半端に止まってしまう。薫の左膝が笑っている。

と、巧は左肩に重みを感じた。若々しさにはちきれんばかりの伸びやかな裸身の真由が寄りかかってきたのだ。

「薫姉ってば四つん這いで巧を求めちゃって、ヤラシーんだからー。今は巧の唇は、私が独占しちゃっていいよね？　……んちゅ」

「んんっ！」

真由は自分だけを見て欲しいと独占欲を剝き出しにして巧の顔を両手で摑むや、唇に嚙みつくような口づけをしてくる。こんなにも貪欲で荒々しく、自分を主張するような口づけを、まだ処女を失って数週間の彼女がしてくれる。その事実が劣情を高める。その間も冬美による肛門愛撫は続いてしまっている。

感じてはいけない場所で感じてしまう背徳の甘美は、海綿体を直接的に刺激し、薫の胎内を満たす逸物が敏感に反応してしまう。

薫は両肩をビクンッと反応させた。

「ひいあああん!?　あんた、ど、どういうつもりなのよぉ！　私とエッチしてるだけの時よりも反応が大きいなんてぇ！」

「そういうわけじゃっ！」

「そ、それじゃどういうわけよ。本当に贅沢になったわねっ！　夫なんだから、妻を平等に可愛がって、気持ち良くさせる義務があるのっ！　忘れたの!?」

「分かってるっ！　僕は薫さんを愛してるからっ!!」

宣言と共に、腰を速める。

「ひぃぃぃいん！　きゅ、急にどうして変な事を言うのよぉ……」

紅唇の締め付け具合で、薫が絶頂したのが分かった。

巧は立て続けに力強い突き込みで彼女の中を思う存分蹂躙し、マーキングをするように溢れる我慢汁を、戦慄く媚壁へ擦りつける。

これは自分だけの秘処、自分だけの子宮だと言わんばかりに。

腰が抜けそうなくらい腰を振り続け、牝孔を掘削する。

その間も口づけを交わしつづけている真由が微笑んだ。

「ぷるぷる震えて、巧、射精するの？　薫姉のあそこに、赤ちゃんができる素をたくさん出しちゃうんだ。ねえ……私の分は残しておいてね。お願いよっ」

巧はうんうんと頷く。

「薫さん、出るよっ……で、出るっ！」

びゅるるるっ！　欲望のしぶきを薫の子宮口めがけ撃ち込んだ。

「ひィッ、ひぃぃぃぃ！　ドロドロしたのが子宮にぶつかるぅぅう！　ふあああっ！

お腹が燃えちゃうぅぅっ！」

薫は頭を振りながら、両手をぎゅっと握りしめたまま感泣に咽《むせ》ぶ。

「イクウウッ！　イク、イクウゥゥ……ッ！」

巧は尿道に残る残滓の一滴までも搾り取られるくらい濃厚に接着したまま、彼女の左足を抱きしめる腕に力を込める。長い長い絶頂に痙攣を交えての伸縮を繰り返しながら、痴態をさらす蜜孔を白濁に染め上げた。

薫は糸の切れた操り人形のように前のめりに倒れ込むや、その拍子にペニスがずるずるっと抜けてしまう。

絶頂の瞬間、思わずお尻に力がこもるが、引き攣りながら収斂する括約筋《かつやくきん》を、冬美がこの間も丹念に揉みほぐしてくれる。

このまま逸物を自分で扱いて出したい気分になるが、巧の怒張を待ち焦がれてくれている幼妻がまだいるのだ。

「——真由ちゃん、お待たせ！」

「あんっ……ようやくねぇっ！　お願い、巧ぃ！　早く一つになろう！　お姉ちゃんの舌じゃなくって、私のここで気持ち良くなって欲しいからぁっ！」

真由は唇の周りを涎でベチョベチョにしていた。それ以上にぬかるんでいるのは、彼女の可憐な秘洞だ。

「巧ぃっ！」

「真由ちゃん……うわっ!?」

「いやらしい妻になるからっ……なっちゃうからっ！　巧のエッチでビクビクしちゃってるものを呑み込んじゃうからっ！」

真由はがに股で巧の腰を跨いだかと思えば、そのまま怒張を受け入れようとする。

しかし、

「あ、あれ？　あれぇっ？　ああんっ！　どうして！　どうして入らないのぉ!?　お姉ちゃんや薫姉のあそこには簡単に入ったのにぃ！　どうして入らないの!?」

半ば泣きべそをかきながらも懸命に挑戦するが、亀頭冠は愛液まみれの秘処を上滑りするだけで収まってくれない。

「やだやだぁっ！」

「真由ちゃん、落ち着いて。しっかり入れるからっ」

「ほ、本当っ？」

「任せて！」

巧は真由の小さな孔へ、ペニスをかみ合わせるような位置取りをした上で、彼女の柳腰に手を添えて体重をかけさせ、騎乗位で一つになる。

ズブズブ！

「ひぁああぁ！　は、入ってくるぅっ！　巧のあそこが私の中に来てくれるのぉっ！」

真由は嬉しそうに頬を緩め、全身を歓喜で戦慄かせた。押し入った勃起肉はたちまちのうちに根元まで彼女の狭隘に潜り込んだ。

「ヒイインッ……巧のが奥に来てるぅっ！　刺さっちゃってるのぉっ！　アアンッ……たくさん気持ち良くしてあげるからねっ！　ちゃんと一滴残らず、搾り出してあげるからねぇ！」

真由は挿入間もなく、柳腰を持ち上げた。無数の凹凸に刮《こそ》げられ、射精直後ということで落ち着いていないということもあるのか、快感が強烈だった。

ズルズルッと肉棒が顔を出すが、巧が腰を動かせば、真由がいやいやとかぶりを振った。

「あん……巧はそこでじっとしてて……」

「無理だよ！」

と、そこへ冬美が巧に寄り添ってくる。

「──旦那様、いけませんわ。ここは真由ちゃんに頑張らせてあげて下さい」

薫まで現れる。

「そうそう。健気《けなげ》な妻っていうのも微笑ましくない？」

真由がムッとする。

「あん！ か、薫姉。子ども扱いしないでよぉ！」

「あんなに嫌がってたのに、そんなに巧のち×ぽが良かったわけ？」

「い、いやらしい言い方しないで……！」

「薫ちゃん。そんな言い方はいけません。しっかりと見守らないと。私たちはその間、旦那様にご奉仕を……」

「さんせーっ」薫がニヤッと笑う。

巧の顔面めがけ、冬美と薫の爆乳がズッシリとのしかかってくる。

「んんっ!?」

痛いくらい尖った乳頭が顔を擦ると同時に、発情して噎せ返るくらい濃厚なフェロモンの匂いが鼻腔へ雪崩れ込んできて、官能の香りで溺れそうになる。

呼吸をしたいがために顔を揺すったり、口をパクパクさせたりすれば、その行動が冬美と薫を身悶えさせ、悦ばせるのだ。

「ああん。だ、旦那様ったら可愛いんですから……。フフ……私たちの胸をどうぞ、味わって下さいませ！」

「ほらほら。私たちのおっぱいをこんなにも間近で感じられて最高でしょ？　最高よねっ。もっと味わっていいのよ？」

「ふ、二人とも、邪魔するなんてひどいぃぃ……いやぁっ!?」

真由が上擦った声を上げた。怒りの余り腰を大きく動かしすぎたせいで、ヌルヌル風呂の影響でぬるんっとペニスがこぼれてしまう。再び入れようとするが、うまくいかない。

(駄目だ。ちゃんと真由ちゃんを気持ち良くするんだ！)

巧は二人の尖って過敏になっているであろう勃起乳首をギューッと抓る。

「はあああん！　だ、旦那様ァッ!?」

「ひいいッ……た、巧いっ!?」

二人は性感帯への責めに、隙を見せた。その瞬間を逃さなかった巧は上体をもたげ、二人を押しのけるように腰の上の真由と向かいあった。

「真由ちゃん！」

「た、巧……ンンッ！」

唇を奪えば、彼女は一切の抵抗を放棄したようにうっとり潤んだ双眸を細め、恍惚の相を見せる。口内を優しくまさぐりつつ、互いに舌を吸いあう。

唾液を泡立たせるくらい熱のこもった口づけをしながら、巧は真由の潤んだ瞳を見つめた。

「また一つになろう」

「うんっ」

巧は甲斐甲斐しく真由を促し、再び一つになった。

「あああああんっ！」

根元まで埋まれば、受精を急かすように下がってきた子宮が再会を悦ぶように、ギュッと男根を締め付けてくる。

蠕動を繰り返す膣肉に促され、巧は腰を突き上げた。

「だ、だめえ！　わ、私が動きたいのにぃっ！」

「ごめん。でも僕が真由ちゃんを気持ち良くしたいんだ。だから今日のところは僕に譲って！」

「んんッ……しょっ、しょうがないわねぇっ！　そ、そこまで言うんだったら譲ってあげる。でも気持ち良く、してよねっ！」

「もちろん！」

巧は力強い抽送で、蜜孔めがけ間断ない突き込みを見舞う。

「ひぃあっ！　ぁあひぃっ！　ンンッ！　巧の逞しいのが私の子宮を妊娠させたいって求めてくるぅぅぅ！」

真由はうっとりと酔い痴れた顔をさらしながら、ますます剛直を締め上げた。

溢れる蜜汁は泡立ちながら肉幹に絡みつき、ふやけてしまいそうだった。

「ヒイイイインッ！」

背中に爪を立てられるくらい、真由は派手によがった。

「真由ちゃんのおま×こ、すっかり馴染んでくれたよ。やっぱり僕が初めてだからかなっ？」

真由は首筋まで紅潮させた。

「ば、馬鹿！　し、知らないわよ！　どうしてそんなに恥ずかしいこと言うの！」

「だってそれを考えちゃうくらい、真由ちゃんのここ、具合がいいから。ヒダヒダも柔らかく吸い付いて……っ」

「あああんっ！　馬鹿馬鹿ぁっ！　そ、そんなこと、いちいち口に出さなくてもいいからぁっ！」

その姿を冬美と薫は微笑ましそうに眺める。

「真由ちゃん、素敵な旦那様と巡り会えて良かったでしょう？」

「そうよ。こいつと知り合えたんだから、しきたりってのもそう悪くないんじゃない？」

真由は最後までしきたりに、たとえ姉二人が認めたとしても見ず知らずの夫に抱かれることに躊躇していた。でも結果的に、こんなにも素敵なよがり貌を見せてくれた。

真由は姉二人との遅れを取り戻そうとするかのように、巧の律動に合わせるように腰を振った。

「真由ちゃん――」

「し、知ってる！　もう、言わなくても分かるから！　巧のあそこが苦しいって、もう我慢できないって震えちゃってるの、しっかり子宮に伝わってきてるからぁ！　出して！　出して！　このまま妊娠させてぇぇえっ!!」

幼妻の哀願。下りてきた子宮を確かに意識した巧は四発目だということが信じられないほどの濃厚な樹液を見舞う。

「ひいいいい！　くるくるぅぅっ！　あ、熱いのぉぉぉ！　巧の子どもの素で私のあそこ火傷しちゃうッ！　ダメダメダメェッ！　変になっちゃうぅぅぅぅぅ！」

真由は「イク、イクッ！」と我を忘れたように声を嗄《か》らしながら、背骨が折れんばかりに仰け反る。子宮口を間近に意識した男根は膣肉の蠕動に促され、彼女の下腹めがけドクンドクンと息の長い吐精を果たした。

「んんんーーーーーッ!!」

脱力した真由は、仰け反るように倒れそうになってしまうが、それを支えたのは二人の姉たち。

「……お、お姉ちゃん、薫姉、ありがとう」

「ふふ。真由ちゃん。とっても幸せそうね」

「食わず嫌いは駄目ってこと、分かった？　――ホラ、私たちの夫への感謝は？」

真由は潤み、半ば焦点の合っていない眼差しで巧を見つめる。

「巧、ありがとう……。こんなにたくさん……赤ちゃんの素を出してくれて……っ。私、すっごく幸せだよぉ……」

愛妻の言葉に、巧の心は温かくなった。

エピローグ

白影村の山々に緑が萌える。連日降り続いていた雪を忍ばせるものは、今や路傍で積み上げられた分に過ぎない。里に春がやってきたのだ。

華の湯は長期休業に入っていた。女将を務める安達家の姉妹が妊娠したからだ。

母屋《おもや》の居間で椅子に座った三人に、巧はハーブティーを出す。

「どうぞ」

冬美は「ありがとうございますわ、旦那様」とカップに口を付け、薫も「ん、うまくなってきたじゃん」と笑い、真由は「うんうん、合格合格」と舌鼓《したつづみ》を打った。

「それにしてもみんなの妊娠が分かったのが、お客さんの予約が無い時期で良かったね。キャンセルしちゃうのは申し訳ないし……」

巧は少しお腹のふくらみが目立ち始めた三人に言う――と、「ぷっ」と薫が思わずという風に吹き出してしまう。

「か、薫さん？　どうしたの？」

三姉妹を代表して冬美が口を開く。

「予約が入っていないんではなくって、早いうちからこの時期は長期休暇という風にしておいたんです」

「何か用事でもあったの？」

「もう。巧ってばニブすぎぃ」と真由が笑う。「私たちが妊娠するのを逆算してたの」

「ええ！　いつから!?」

薫が言う。

「そりゃあんたを婿に迎えるって決まってからよ。当たり前でしょう。お客様あっての商売をしているのに無計画に、妊娠してどうしよー、仕事が出来ないーって、そんなわけにはいかないでしょうが」

「そ、それもそうだよね」

冬美がちらっと真由を見る。

「でも良かったわ。同時にみんなが妊娠出来て……。真由ちゃんは難しいかなって最初は思ってたんだけど」

「王子様に出会えて良かったじゃーん」

薫がからかうと、真由は頬を熟した林檎並に紅くした。

「薫姉は黙って！」

そんな妻たちのやりとりを前にして巧は口元を緩めずにはいられない。

冬美がそれに気付く。

「旦那様？　どうされました？」

「みんなと出会えて本当に良かったって思ったんだ……。僕は、世界で一番幸せな夫だよ」

「それは私たちの言葉ですわ、旦那様」

「まあエッチであれだけ満足させてくれるし、甲斐甲斐しく世話もしてくれるし、及第点の夫なんじゃない？」

「薫姉ったら、天の邪鬼なんだから。巧が夫で良かったでしょ？」

「まーね」

三姉妹はお腹を抱えるように立ち上がると、そっと巧に口づけをした。

巧も笑顔で、それに応えるのだった。


（了）

※本作品はフィクションです。作品内に登場する
団体、人物、地域等は実在のものとは関係ありません。

よくばり嫁の村

〈書き下ろし長編官能小説〉

2020年2月10日初版第一刷発行

著者……………………………………………… 上原 稜

デザイン…………………………………………小林厚二

発行人……………………………………………後藤明信
発行所…………………………………………株式会社竹書房
〒102-0072 東京都千代田区飯田橋2－7－3
電 話：03-3264-1576（代表）
03-3234-6301（編集）
竹書房ホームページ http://www.takeshobo.co.jp
印刷所……………………………中央精版印刷株式会社

定価はカバーに表示してあります。
乱丁・落丁の場合は当社までお問い合わせください。
ISBN978-4-8019-2154-2 C0193